蓬莱阁典藏系列

人间词话

王国维／撰

黄霖等／导读

上海古籍出版社

图书在版编目(CIP)数据

人间词话 / 王国维撰;黄霖等导读. —上海：
上海古籍出版社，2019.5
(蓬莱阁典藏系列)
ISBN 978-7-5325-8893-0

Ⅰ.①人… Ⅱ.①王… ②黄… Ⅲ.①词话(文学)-
中国-近代 Ⅳ.①I207.23

中国版本图书馆 CIP 数据核字(2018)第 133933 号

蓬莱阁典藏系列

人间词话

王国维 撰 陈杏珍 刘烜 重订 黄霖等 导读
———————————————

上海古籍出版社 出版、发行

(上海市瑞金二路 272 号 邮政编码 200020)
(1) 地址：www. guji. com. cn
(2) E-mail：guji1@guji. com. cn
(3) 易文网网址：www. ewen. co

印 刷 江阴金马印刷有限公司
开 本 787×1092 1/32
印 张 5.25
插 页 5
字 数 75,000
版 次 2019 年 5 月第 1 版 2019 年 5 月第 1 次印刷
ISBN 978-7-5325-8893-0/I·3294
定 价 28.00 元

如有质量问题,请与承印公司联系

出版说明

    中国传统学术发展到晚清民国，进入一个关键的转折时期。面对"数千年未有之变局"，旧传统与新思想无时不在激荡中融汇，学术也因而别开生面。士人的眼界既开，学殖又厚，遂有一批大师级学者与经典性著作涌现。这批大师级学者在大变局中深刻反思，跳出旧传统的窠臼，拥抱新思想的精粹，故其成就者大。本社以此时期的大师级学者经典性著作具有开创性，遂延请当今著名专家为之撰写导读，希冀借助今之专家，诠释昔之大师，以引导读者理解其学术源流、文化背景等。是以本社编有"蓬莱阁丛书"，其意以为汉人将庋藏要籍的馆阁比作道家蓬莱山，后世遂称藏书阁为"蓬莱阁"，因借取而为丛书名。"蓬莱阁丛书"推出后风行海内，为无数学子涉猎学术提供了阶梯。今推出"蓬莱阁典藏系列"，萃取"蓬莱阁丛书"之精华，希望大师的经典之作与专家的精赅之论珠联璧合，继续帮助读者理解中国传统学术的发展与大师的治学风范。

目录

《人间词话》导读

黄　霖　　周兴陆

王国维的《人间词话》是中国近代最负盛名的一部词话著作。它用传统的词话形式以及传统的概念、术语和思维逻辑，较为自然地融进了一些新的观念和方法，其总结的理论问题又具有相当普遍的意义，这就使它在当时新旧两代的读者中产生了重大反响，在中国近代文学批评史上具有崇高的地位。

一、"人生过处唯存悔"

——忧生忧世的人生历程

王国维(1877—1927)，初名德桢，后改为国维，字静安，亦字伯隅；初号礼堂，后更为观堂，又号永观。浙江海宁人。王国维生活的年代，正是近代史上各种政治势力、学术思潮、人生理念大冲突、大裂变、大融合的时代。他"体素羸弱，性复忧郁"（《文集续编·自序》），多病的人生遭逢多难的时代，"忧生"和"忧世"一齐积压着他，驱策他不断地去解索人生的困惑，追寻人生的真谛，为疲惫的心灵讨取片刻的安慰和宁静。

王国维的一生，就是对人生问题不断追索讨问的过程。

王国维曾自叙其早年读书经历说："余家在海宁，故中人产也。一岁所入略足以给衣食。家有书五六簏，除《十三经注疏》为儿时所不喜外，其余晚自塾归每泛览焉。十六岁见友人读《汉书》而悦之，乃以幼时所储蓄之岁朝钱，购前四史于杭州，是为平生读书之始。时方治举子业，又以其间学散文骈文，用力不专，略能形似而已。"（《静安文集续编·自序》）22岁以前，他在家乡接受传统教育，为以后治文史、考据之学奠定了基础。就在此时，他思想中已表现出近代的异端色彩。他不喜科举时文，参加科举考试时"不终场而归"（赵万里《王静安先生年谱》引陈守谦《祭文》），弃帖括八股而不为，表现出鄙薄功名、唾弃利禄、重情多思的人生志趣。

甲午海战后的 1898 年，王国维"始知世尚有所谓新学者"。是年，王国维到上海《时务报》做文书校对工作，缘罗振玉之力，进入东文学社。此时的东文学社以讲授西方科学技术为务，而王国维的兴趣则偏重于哲学。通过日籍教师藤田丰八、田冈佐治二君，王国维间接得知康德、叔本华哲学。直到 1903 年，王国维才开始读康德专著《纯粹理性批判》，"几全不可解，更辍不读"。稍后，读叔本华的《世界是意志和表象》，而"大好之"，称其"思精而笔锐"，读之不已，更广涉叔本华其他哲学论著。叔本华悲观主义唯意志论哲学之所以和王国维一拍即合，一方面是由于叔氏哲学的社会批判色彩，高扬生命意志的异端精神，顺应当时的时势思潮，也顺应王国维少年时即表现出的求新求异倾向，另一方面，更主要的是在"悲观主义人生论"上，两人有着深度的契合点。叔氏悲观主义哲学可谓深契"性复忧郁"的王国维的心，对王国维此后的人生观、文学观有深刻的影响，也给王国维的文学创作和研究抹上一层厚重的悲剧色彩和悲剧精神。1905 年的《红楼梦评论》就是"全以叔氏为立脚地"，此外像《屈子文学之精神》、《文学小言》

等,都是运用叔本华、尼采、康德、席勒等人的美学理论来探讨中国文学问题的有名之作。

30 岁之前,王国维主要精力在介绍和钻研西方哲学美学。刚跨而立之年,他开始对自己醉心于哲学的人生意义作反省式责问。本来,王国维是非常看重哲学的,他曾说哲学的事业是"探宇宙人生之真理而定教育之理想者"(《论大学及优级师范学校之削除哲学科》)。而现在呢?"余疲于哲学有日矣。哲学上之说,大都可爱者不可信,可信者不可爱。……知其可信而不能爱,觉其可爱而不能信,此近二三年中最大之烦闷,而近日之嗜好所以渐由哲学而移于文学,而欲于其中求直接之慰藉者也。"(《文集续编·自序二》)王国维是位敏锐丰富的审美感情和睿智深刻的思辨理性兼盛的人物。他集诗人与哲学家的气质于一身。"余之性质,欲为哲学家则感情苦多,而知力苦寡;欲为诗人则又苦感情寡而理性多。"(《文集续编·自序二》)两种气质的融合促动,使得他的哲学富有个性和情韵,诗学饱含理性和深度。两者的裂荡冲突,又迫使他不得不做出非此即彼的选择。王国维自视颇高,总是以天才自期自许。他省查自己说:"以余之力加之以学问,以研究哲学史或可操成功之券,然为哲学家则不能;为哲学史则又不喜,此亦疲于哲学之一原因也。"(《静安文集续编·自序二》)不能做一个哲学家,又不情愿畏缩为一个哲学史家,所以他疲于哲学。而此时,在诗词创作上的成就,引起了他另一番人生兴味,改变了他人生求索的路向。王国维超越了哲学的玄思,走进了文学的幻境,在情真美幻、悠闲杳渺的艺术境界中安顿灵魂。在《去毒篇》中他说:"感情上之疾病非以感情治之不可,必使其闲暇之时心有所寄而后能得以自遣。夫人之心力不寄于此则寄于彼,不寄于高尚之嗜好则卑劣之嗜好所不能免矣。而雕刻、绘画、音乐、文学等,彼等果有解之之能力,则所以慰藉彼者世固无以过之。……而美术之慰藉中尤以文学为尤大。"希求文学来调理感情的疾病,寄托高尚的嗜好,慰藉饥渴的心灵。

1906年《人间词甲稿》刊行,1908年前《人间词乙稿》也已完成。王国维对自己的《人间词》是十分自负的,给予很高的评价。《静安文集续编·自序二》说:"余之于词,虽所作尚不及百阕，然自南宋以后，除一二人外，尚未有能及余者，则平日之所自信也。虽比之五代北宋之大词人，余愧有所不如，然此等词人亦未始无不及余之处。"很有自得之意。在《人间词话》中他转述樊抗父称道其《浣溪沙》、《蝶恋花》等词后，夫子自道曰："余自谓才不若古人，但于力争第一义处，古人亦不如我用意耳。"期许《人间词》已探得"第一义处"。又谈及倡和东坡白石韵的《水龙吟》、《齐天乐》，说："皆有'与晋代兴'之意。"与古人原作相比毫无愧色。况且，"余之所长则不在是，世之君子宁以他词称我"。自信自负之情，溢于言表。的确，《人间词》是王国维生命底蕴的流露，精神生气的灌注，不同于"羔雁之具"，模拟之作，是作者对宇宙与人生、生命与死亡等基本人生问题讨问和思索的结晶。王国维忧郁沉闷的思虑和个性在《人间词》中完全敞开，《人间词》是此阶段诗人心灵之思、情感之动的真实痕迹，而王国维的《人间词话》就是对《人间词》创作实践经验的总结和理性把握。《人间词》和《人间词话》正是王国维词的创作实践和理论阐发的精粹，两者是相互交融、相互关联的。《人间词》为《人间词话》提供丰富的感性经验基础,而《人间词话》是对《人间词》之创作感悟和艺术经验的理性概括和理论引申。两者产生时间大致相同,正好是王国维心灵轨迹和思索历程在感性和理性两个层面的清晰印记。

王国维《人间词》和传统诗词的最大区别是,他不再仅仅关注人的伦理世情,去重复离别相思、宠辱升降的主题;而是将个人自我抛入茫茫大块的宇宙、大化流行生生不已的永恒中,让自我去面对注定的人类悲剧,甚至将自我作暂时的人格分裂,作灵魂拷问,去追究人生无根基性的命数;也就是说王国维开始摆脱传统的伦理视界的限制,进入一种哲学视界,对人生进行一种哲学式的审美思索和艺术表达。王国维的《人间词》浸透了叔本华的悲观主义哲学观,他用一双充满忧郁、孤独、悲悯的眼睛审视着世界。词中的自然意象多是肃霜秋风,栖鸦孤雁、鹤唳乌啼、残霞落花,基本主题是人间无凭、人世难思量、人生苦局促。这种慨叹不是古人那种片刻失意落魄后的自怨自艾,而是词人王国维对宇宙人生一贯的哲学态度和艺术感觉。在王国维的《人间词》中使用频率最高的词是

"人间"、"人生"。"人间"、"人生"作为诗人体验思索的对象进入诗人的视野。王国维将他的词集称为"人间词",将他的词话称为"人间词话",其中似乎暗含着一种人生扣问的哲学况味。

王国维扣问的"人间"、"人生"究竟是怎样一幅图景呢？他说：

人生只似风前絮，欢也零星，悲也零星，都作连江点点萍。（《采桑子》）

最是人间留不住，朱颜辞镜花辞树。（《蝶恋花》）

人间事事不堪凭，但除却无凭两字。（《鹊桥仙》）

人间总是堪疑处，唯有兹疑不可疑。（《鹧鸪天》）

说与江潮应不至，潮落潮生，几换人间世。（《蝶恋花》）

算来只合、人间哀乐，者般零碎。（《水龙吟·杨花》）

人间孤愤最难平，消得几回潮落又潮生。（《虞美人》）

人间那信有华颠。（《浣溪沙》）

人间须信思量错。（《蝶恋花》）

掩卷平生有自端,饱更忧患转冥顽。(《浣溪沙》)

人生苦局促,俯仰多悲悸。(《游通州湖心亭》)

我身即我敌,外物非所虞。

大患固在我,他求宁非谩。所以古达人,独求心所安。

(《偶成》)

人生一大梦,未审觉何时。(《来日》)

人间地狱真无间。(《平生》)

欲觅吾心已自难,更从何处把心安。(《欲觅》)

　　王国维的《人间词》旨在揭明乾坤广大、人生须臾这一命定的人生悲剧。人间是一场大梦魇,和地狱没有分别,而芸芸众生,迷失本心,唯务外求,百般钻营,最后不过如过眼烟云,瞬隙永逝。这完全是出自叔本华悲观主义哲学观而对人生的解读。王国维通过诗词向人们挑明,向尘寰苦求乐土是无望的,人生就是一场悲剧,人生活在世界上就是永远的愁烦和揪心。"不有言愁诗句在,闲愁那得暂时消?"(《拼飞》)要打消闲愁,求得心安,只有在诗国中、在艺术境界中才有可能。这就是王国维所说的他词中之"第一义处",对这种"第一义处"的揭明,也就达到《人间词话》中标举的"真"的境地。王国维的《人间词话》透过艺术意蕴对他意念中的人生真义进行哲学式的思索参悟,和传统文学中世俗的伦理的世情的思维路向是不同的(当然在传统文学中也有出于道家或禅宗的哲学式玄思,但尚未成为文学主流)。这一点,对于理解《人间词话》是很重要的。因为我们已习惯于将王国维艺术理论的哲学式表达,拉回到传统的伦理式表达的框架之中,忽略了《人间词话》的这一理论转向。

撰著《人间词话》之后,王国维开始将志趣转移到戏曲方面。这种转变也是受西方文学观念激发的。他自叙其有志于戏曲研究的缘故道:"吾中国文学之最不振者莫戏曲若。元之杂剧、明之传奇,存于今日者,尚以百数。其中之文字虽有佳者,然其理想及结构,虽欲不谓至幼稚、至拙劣不可得也。国朝之作者虽略有进步,然比诸西洋之名剧,相去尚不能以道里计。此余所以自忘其不敏而独有志乎是也。"(《静安文集续编·自序二》)又在《文学小言》中说:"元人杂剧美则美矣,然不知描写人格为何事。至国朝之《桃花扇》则有人格矣,然他戏曲则殊不称是。……以东方古文学之国,而最高之文学无一足以与西欧匹者,此则后此文学家之责矣。"王国维鉴于中国戏曲之不振,试图从史的整理入手来担当起振兴中国戏曲的责任。在西方戏剧理论和史学观念的烛照下,结合传统的考据学方法,他撰著了《曲录》、《戏曲考源》、《唐宋大曲考》、《优语录》、《古剧角色考》。1912 年以此为基础花三个月时间完成了《宋元戏曲史》。郭沫若称道此书和鲁迅的《中国小说史略》说:"毫无疑问,是中国文艺史研究上的双璧。"(《鲁迅和王国维》)

1911 年辛亥革命后,王国维东渡日本,寄寓京都,以清朝遗老自居,在人生志趣和治学方向上又一次发生了根本性转折。他曾将以前出版的《静安文集》焚毁殆尽以示有悔,在写成《宋元戏曲史》后,就埋头于古文字、古器、古史地的研究,从中寻求精神上的解脱,一直到他生命的最后。王国维此次学术转向和罗振玉有很大关系。罗振玉给王国维的论学书规劝王国维道:

尼山之学在信古,今人则信今而疑古。本朝学者,疑《古文尚书》,疑《尚书孔注》,疑《家语》,所疑固未尝不当。及大名崔氏著《考信录》,则多疑所不必疑。至于晚近,变本加厉,至谓诸经皆出伪造;至欧西之学,其立论多似周秦诸子,若尼采诸家学说,贱仁义,薄谦逊,非节制,欲创新文化以代旧文化;则流弊滋多!方今世论益歧,三千年之教泽,不绝如线;非矫枉不能返经。士生今日,万事不可为,极此横流,舍反经信古未由也!君年方壮,予亦非到衰落,守先待后,期与子共勉之!

1916 年王国维返回上海后,为犹太巨商哈同编辑《学术丛编》,后又兼任哈同创办的仓圣明智大学教授,共长达七八年之久。正当他在"国学"考据方面成绩辉煌之时,其政治态度却日趋倒退,思想情绪日益悲观。1923 年,他欣然"应诏"北上,任末代皇帝溥仪的"南书房行走"。1924 年 11 月溥仪被逐出宫,王国维视为奇耻大辱,欲投御河自尽未遂。次年,愤于"皇室奇变"而遗老们犹"排挤倾轧,乃与承平无异",决计"离此人海"(《观堂遗墨》卷下三月二十五日给蒋汝藻信)。这时,他被聘任为清华学校国学研究院研究导师,然心灵上一直笼罩着一层"忧君""忧国"和"君辱臣死"的阴云。1927年6月,当北伐军进抵郑州,直逼北京时,王国维终于留下了"经此世变,义无再辱"的一纸遗书,投昆明湖自杀。王国维曾说过:"余平生惟与书册为伍,故最爱而最难舍去者,亦惟此耳。"(转引自王德毅《王国维年谱》"叙例")他一生的志趣在与书册为伍,做一个宁静的文人和学者。他重游狼山寺时曾向往着在山中建构一草庐,归隐读书,远离尘寰,"此地果容成小隐,百年那厌读奇书。君看岭外嚣尘上,讵有吾侪息影区。"(《重游狼山寺》)然而,那是一个政治时势、思想文化都极不宁静的时代,任何人都必须做出自己的选择。王国维最终选择了死。

对于王国维的死因,历来有不同的解释,然而死无对证,很难说哪一种解释确切地捉定了真正的原因。有意味的是,早在青春气盛时,王国维曾就"自杀"发表过一番评论,说:"至自杀之事,吾人姑不论其善恶如何。但自心理学上观之,则非力不足以副其志而入于绝望之域,必其意志之力不能制其一时之感情,而后出此也。而意志薄弱之社会,反以美名加之,吾人虽不欲科以杀人之罪,其可得乎?"由早年之鄙薄自杀到晚年之亲身履践,其万不得已之情实在是"力不足以副其志而入于绝望之域"。陈寅恪《王静安先生遗书序》深沉的感慨富有文化意味和思想深度。引述如下:

寅恪以为古今中外志士仁人往往憔悴忧伤继之以死,其所伤之事,所死之故,不止局于一时间一地域而已。盖别有超越时间地域之理性存焉。而此超越时间地域之理性,必非其同时间地域之众人所能共喻。然则先生之志事,多为世人所不解,因而有是非之论者,又何足怪耶?尝综览吾国三十年来人世之剧变至异,等量而齐观之,诚庄子所谓彼亦一是非,此亦一是非者。若就彼此所是非者言之,则彼此终古未由共喻,以其互局于一时间一地域故也。呜呼!神州之外更有九州,今世之后更有来世,其间傥亦有能读先生之书者乎?如果有之,则其人于先生之书钻味既深,神理相接,不但能想见先生之人,想见先生之世,或者更能心喻先生之奇哀遗恨于一时一地彼此是非之表欤!

王国维一生的学术道路曲折多变，在对人生永恒意义和心灵慰藉之所的探索路途上，他不断地求索，又不断地否定；否定又是为了新的索探。"人生过处唯存悔，知识增时只益疑。"（《六月二十七日宿硖石》）对过去的后悔，对眼前的怀疑，促使王国维过早地结束了他的人生道路。

二、"学无中西"
——兼融中西的学术文化观

西学东渐是近代思潮的一大趋势。面对新昇的资产阶级思想文化对传统封建专制思想文化的威慑和侵凌，晚清帝国上层统治阶级提出了抵制外来思想侵蚀传统文化根基的措施。张之洞《筹定学堂规模第兴办折》明确宣布"不可讲泰西哲学"，认为中国圣经贤传无理不包，学堂中不可舍四千年之实理不学而去远骛数万里外的西学空谈，否则"大患不可胜言"。在《厘定学堂章程折》中，张之洞确定"立学宗旨"是"以忠孝为本，以中国经史之学为基，俾学生心术以一归于纯正。而后以西学瀹其智识，练其艺能，务期他日成材，各适实用"。

这就是"中学为体,西学为用"的具体内涵。张之洞所谓之西学,指的是西方资本主义的技术知识、制造技艺、国际公法知识、商务知识等,不包括政治制度、政治思想、文化哲学。王国维1903年针锋相对地在《教育世界》55号上发表《哲学辨惑》一文,批驳了张南皮的观点,指出"哲学非无益之学","欲通中国哲学,又非通西洋之哲学不易明也。近世中国哲学之不振,其原因虽繁,然古书之难解,未始非其一端也。苟通西洋之哲学以治吾中国之哲学,则其得当不止此,异日昌大吾国固有之哲学者,必在深通西洋哲学之人,无疑也"。当然,王国维在根本政治立场上是保皇的,不会缘引西方哲学以唤起革命。他从纯学术立场上指出哲学研究不会危及国家政治,主张学者首先要洞悉深识西方哲学,然后才能清理并昌大中国固有之哲学。

打破中西疆界,兼通并融贯中西文化是王国维基本的学术立场。在1911年的《国学丛刊序》中,王国维鲜明地阐述了这一立场:"何以言学无中西也? 世界学问,不出科学、史学、文学。故中国之学,西国类皆有之;西国之学,我国亦类皆有之。所异者,广狭疏密耳。即从俗说,而姑存中学西学之名,则夫虑西学之盛之妨中学,与虑中学之盛之妨西学者,均不根之说也。中国今日,实无学之患,而非中学西学偏重之患。"在王国维看来,中国的大门已敞开,思想文化上的交锋相融是必然的趋势,中学和西学不是相互违背妨害的,而是"盛则俱盛,衰则俱衰,风气既开,互相推动"。王国维说:"居今日之世,讲今日之学,未有西学不兴,而中学能兴者;亦未有中学不兴,而西学能兴者。"两者已相依相存,互相推促。一方面,因为古代哲学文化书籍难解,需要求助"长于抽象而精于分类"的西学给予梳理阐析;另一方面,不论是西学还是中学,都是人类知力对于宇宙人生问题之一部分的解释,西学和中学"偿我知识上之要求而慰我怀疑之苦痛,则一也"(《论近年之学术界》)。王国维还指出,国人对西学的了解和洞察,必须以深厚的中学根底为基础。在为日本友人的《西厢记》译本作跋时,他说:"苟人于其所知于他国者,虽博以深,然非老于本国之文学,则外之不能喻于人,内之不能慊诸己,盖兹事之难能久矣。"中西相通兼融不是单方面的以西释中,强中以合西。在《书辜氏汤中英译〈中庸〉后》一文中王国维批评了辜氏弊在"以西洋之哲学解释《中庸》，"译子思之语以西洋哲学上不相干涉之语"，这只算是弥缝古人而不得谓之忠于古人。怎样才算得上中西学术融汇贯通呢？王国维在《论近年之学术界》中分析中外文化第一次成功交融——佛教本土化的由"受动"到"能动"的过程，并宣告："至今日而第二之佛教又见告矣，西洋之思想是也。"然而当时严复的学术活动主要限于科学领域，康有为、梁启超等人引介西方学术，但只不过是把它作为政治上的手段，而非有学术上固有的兴味。王国维于是慨叹我国思想没有怎样"受动"于西学，更谈不上西学之"能动"。他又说："况中国之民固实际的，而非理论的。即今一时输入，非与我中国固有之思想相化，决不能保其势力。观夫三藏之书之束于高阁，两宋之说犹习于学官，前事不忘，来者可知矣。"唐玄奘本本主义地翻译介绍印度佛经，不知变通相化于固有文化，所以只能束之高阁，形成不了气候。而禅宗则将佛学和传统的儒家道家相融冥化，于是显示强大的生命力。外来文化只有和固有文化融契相化，才能保存势力扎下根来，并推动固有文化的改造和发展。王国维的这种学术文化观，在现代思想史上影响了汤用彤和陈寅恪等人，并得到继续发挥。在二十世纪初期，专制思想还比较顽固的时代氛围中，王国维的这种先见之明，是难能可贵的。

王国维在辛亥革命之前自觉地承担着输入西洋思想，并将之与中国固有思想"相化"的历史使命。《论性》、《释理》、《原命》、《孟子之伦理思想之一斑》、《列子之学说》、《孔子之学说》，都是融贯西方的哲学伦理学思想来对作为传统文化根基的基本范畴学说作重新地清理和审查。蔡元培肯定王国维哲学研究的成就道："他对于哲学的观察，也不是同时代的人所能及的。"（《蔡元培选集》第 223—224 页）在文学研究方面，1904 年的《红楼梦评论》"全以叔氏为立脚地"，以叔本华哲学美学观为指导，来分析阐解这部中国古代小说名著，得出全新的结论。此时王国维的"评论"，只是将西方思想和中国材料生吞活剥地镶嵌在一起，没有达到内在学理上的融合。《红楼梦评论》与其说是关于《红楼梦》的评论，不如说是以《红楼梦》来印证叔氏美学。到了 1908 年的《人间词话》，这种机械镶嵌的痕迹已大大淡弱了。此时，王国维已将叔氏的哲学美学观内化为自己的人生观艺术观，并将之和中国传统的艺术实践和理论有机地融合起来，"庶几水中之盐味，而非眼里之金屑"（钱锺书《谈艺录》）。《人间词话》的词学理论的深层哲学根基是叔本华哲学美学，但它的理论内涵和表述方式又是渊源于中国传统文学理论的，达到了兼融中西后的学理再创。这正是《人间词话》不同于当时文艺理论著作的最根本一点，也是读者在学习《人间词话》时首先要注意之处。

三、"文学者，游戏的事业也"
——审美超功利的文艺观

在中国文学批评史上，儒家重实用功利的文艺观一直占主导地位。近代资产阶级改良派梁启超提倡"诗界革命"、"文界革命"、"小说界革命"，黄遵宪热情宣扬诗歌"鼓吹文明"，"左右世界之力"，也是以儒家功利主义文艺观为理论基础的。20世纪初，资产阶级革命阵营内周树人、周作人兄弟二人，吸取西方文化（主要来自日本），大力引介并提倡纯文学观念，猛烈地批判封建正统的文学观，产生了广泛的影响。王国维没有周氏兄弟进步的政治立场、激进的文化态度,但是,基于寻求人生慰藉、解脱痛苦的悲观主义人生观,王国维欣赏超功利的纯美文艺观,反对儒家伦理功利主义。这种超功利的纯美文艺观贯穿在王国维前期的文学创作和研究中,也是《人间词话》的理论基础。

王国维接受席勒、斯宾塞等人的游戏说,认为文学本质上是一种游戏,应热心地以游戏态度为之。《人间词话》第120则说:

> 诗人视一切外物,皆游戏之材料也。然其游戏,则以热心为之。故诙谐与庄重二性质,亦不可缺一也。

王国维《文学小言》也说:"文学者,游戏的事业也。"人的势力,用于生存竞争而有余,或在实际生活中无法表现,通过摹写事物咏叹感情而发泄出来,就为文学。这样的文学,是超越功利的,是审美的。在《人间嗜好之研究》一文中,王国维充分阐述这个观点。他说:

若夫最高尚之嗜好,如文学、美术,亦不外势力之欲之发表。席勒既谓儿童之游戏存于用剩余之势力矣,文学美术亦不过成人之精神的游戏。吾人之势力所不能于实际表出者,得以游戏表出之是也。若夫真正之大诗人,则又以人类之感情为其一己之感情。彼其势力充实,不可以已,遂不以发表自己之感情为满足,更进而欲发表人类全体之感情。彼之著作,实为人类全体之喉舌,而读者于此得闻其悲欢啼笑之声,遂觉自己之势力亦为之发扬而不能自已。

王国维认为文学和哲学一样,超越眼前的功利目的,而"有裨于人类之生存福祉",文学不在于一己之私利,而谋求人类全体共通之感情的表达。他在《文学小言》中说:"余谓一切学问皆能以利禄劝,独哲学与文学不然。餔餟的文学,决非真正之文学也。"他将文学家分为两类:职业的文学家和专门的文学家。前者是"以文学为生活",将文学视作干禄求荣的工具;后者是"为文学而生活",以文学为目的,甚至将生活艺术化,以血书写人生,实现艺术。王国维慨叹中国古代的文学美术大多数遭受功利主义的戕杀,没有独立的价值:"呜呼! 美术之无独立之价值也久矣。此无怪历代诗人,多托于忠君爱国劝善惩恶之意,以自解免,而纯粹美术上之著述,往往受世之迫害而无人为之昭雪者也。此亦我国哲学美术不发达之一原因也。"(《论哲学家与美术家之天职》)文学创作托于忠君爱国劝善惩恶的伦理功利目的,则是"为人"而作,非"感自己之感,言自己之言"的"自为"。历代文人以诗词来奉和应制、礼聘酬酢,实为文学之大不幸。《人间词话》第17则说:

诗至唐中叶以后,殆为羔雁之具矣。故五代北宋之诗,佳者绝少,而词则为极盛时代。即诗词兼擅如永叔、少游者,亦词胜于诗远甚。以其写之于诗者,不若写之于词者之真也。至唐宋以后,词亦为羔雁之具,而词亦替矣。此亦文学升降之一关键也。

在功利主义的侵蚀和重压下,文学艺术难以自由发展,更谈不上发达。眼前的实利使文人迷失了对人类永恒福祉的追求。

王国维于是大胆呼吁:"生百政治家,不如生一大文学家。"《教育偶感四则》)政治家和文学家,一是求实际求功利,一是审美超功利。两者对于人类社会的生存和发展,都具有重大意义,他们的价值是不可比拟和不可代替的。但王国维出于纯文学观立场更强调文学家的永恒价值,作出抑此扬彼的轩轾,不免偏颇。王国维还举个具体例子说明文学家和政治家的区别。《人间词话》第94则云:

> "君王枉把平陈业,换得雷塘数亩田。"政治家之言也。"长陵亦是闲丘陇,异日谁知与仲多。"诗人之言也。政治家之眼,域于一人一事。诗人之眼,则通古今而观之。词人观物须用诗人之眼,不可用政治家之眼,故感事怀古等作当与寿词同为词家所禁也。

意即政治家局限于具体时空和社会关系,计较利害,衡量得失,为物所役,眼光不免狭隘偏执,只有诗人文学家才能跳脱具体的社会关系和利弊得失,具有通识古今真理圆融无碍的审美眼光。

诗人摆脱功利的束缚,便具有超功利的审美的艺术眼光,具有叔本华所说的"卓越的静观能力",即审美的观照,王国维称之为"能观"。《人间词乙稿序》说:"原夫文学之所以有意境者,以其能观也。""能观",是审美主体创造意境的最重要心理条件。诗人"能观",于是眼中所见,心中所想,无往而不是诗的境界艺术的境界。然而常人桎梏于功利观念之下,只能以实用的态度看待生活和景物,当然产生不了诗兴。王国维说:

山谷云:"天下清景,不择贤愚而与之,然吾特疑端为我辈设。"诚哉是言!抑岂独清景而已,一切境界无不为诗人设。世无诗人,即无此种境界。夫境界之呈于吾心而见于外物者,皆须臾之物。惟诗人能以此须臾之物,镌诸不朽之文字,使读者自得之。遂觉诗人之言,字字为我心中所欲言,而又非我之所能自言。此大诗人之秘妙也。境界有二:有诗人之境界,有常人之境界。诗人之境界,惟诗人能感之而能写之。故读其诗者,亦高举远慕,有遗世之意。而亦有得有不得,且得之者亦各有深浅焉,若夫悲欢离合,羁旅行役之感,常人皆能感之,而惟诗人能写之。(《清真先生遗事·尚论三》)

常人困踬于具体社会关系的限制中,处心积虑,患得患失;而诗人既设身处地体验生活中的矛盾和痛苦,又能超脱出来,给予审美的观照和表现。作家以超功利的审美的心态从事文学创作,便能够敞开心灵,调动敏锐的艺术感受力去睹物兴情,创造意象。这样的创作是伫兴而就不必宿构的。在《人间词话》中,王国维多次强调词的创作"须伫兴而就",是审美的直觉创造过程。这一方面是吸收了叔本华的"直觉论",另一方面也是传统文论"兴会"说的引申发展。

四、"词以境界为上"

——以"境界"说为核心的词学理论

(一)"能写真景物、真感情者,谓之有境界"

《人间词话》的理论核心是"境界"说。从《国粹学报》最初

发表的 64 则《词话》来看,约略可分两个部分:前九则为标举
"境界"说的理论纲领;后面部分则是以"境界"说为基准的具
体批评。王国维跳出浙西、常州两派词论的牢笼而独标"境
界"说,旗帜是十分鲜明的,其开宗明义即说(本节引文见于
《人间词话》的,一般不另注出处):

> 词以境界为上。有境界则自成高格,自有名句。五代北
> 宋之词所以独绝者在此。

其第九则在比较"境界"说与前人理论的高下时,又十分自负
地说:

> 沧浪所谓"兴趣",阮亭所谓"神韵",犹不过道其面目,不
> 若鄙人拈来"境界"二字,为探其本也。

王国维《二牖轩随录》摘录词话数十则,其中第二则比较境界
和气质、格律、神韵,说:

言气质、言格律、言神韵，不如言境界。有境界，本也。气质、格律、神韵，末也。有境界而三者随之矣。

所谓"探其本"，就是说把握了文学艺术之所以为美的本质属性。那么，标举"境界"何以能"探其本"呢？在回答这个问题时就必须先辨清"境界"一词的一般意义与王国维作为批评标准的"境界"的异同。

"境界"一词，《诗·大雅·江汉》"于疆于理"句汉郑玄笺云："正其境界，修其分理。"谓地域的范围。《说文》训"竟"（俗作"境"）本义曰："竟，乐曲尽为竟。"为终极之意。而又云："界，竟也。"后佛经翻译成风，"境界"一词频频出现。如三国时翻译的《无量寿经》云："比丘白佛，斯义宏深，非我境界。"此指教义的造诣境地。至唐代，开始用"境"或"境界"论诗，如传为王昌龄著的《诗格》云："诗有三境"，即"物境"、"情境"、"意境"。到明清两代，"境界"、"意境"已成为文学艺术普遍使用的术语。就在王国维同时代的词学名著《白雨斋词话》和《蕙风词话》中，也屡屡出现"境"、"境界"的概念。如陈廷焯曰：

"樊榭词,拔帜于陈朱之外,窈曲幽深,自是高境。""辛稼轩,词中之龙也。气魄极雄大,意境却极沈郁。"况周颐曰:"填词要天资,要学力。平日之阅历,目前之境界,亦与有关系。无词境,即无词心。""盖写景与言情,非二事也。善言情者,但写景而情在其中。此等境界,唯北宋人词往往有之。"然而,各人所道"境界"之含义不尽相同,有的指某种界限,有的指造诣程度,有的指作品内容中的情或景,或两者的统一。即以王国维《人间词话》一书而论,其中提到的"境界"一词,也并非都具同一的"探本"意义。如第 26 则云"古今之成大事业大学问者必经过三种之境界",即指修养的不同阶段。又如附录第十六则云:"抑岂独清景而已,一切境界,无不为诗人设。"此"境界"当指客观景物。如此等等,当细致辨别这类"境界"虽与作为王国维"境界"说批评基准的特殊概念"境界"有所联系,但并不相同。

作为王国维"境界"说所标举的"境界"有其特殊的含义。《词话》第 6、7 两则作了如下说明:

境非独谓景物也,喜怒哀乐,亦人心中之一境界。故能写真景物、真感情者，谓之有境界。否则谓之无境界。

"红杏枝头春意闹"，著一"闹"字而境界全出。"云破月来花弄影"，著一"弄"字而境界全出矣。

分析这两则话，有三层意思：

第一、"境界"是情与景的统一。这与他 1906 年《文学小言》中所说的完全一致："文学中有二原质焉：曰景，曰情。前者以描写自然及人生之事实为主，后者则吾人对此种事实之精神的态度也。故前者客观的也，后者主观的也。前者知识的也，后者感情的也。……要之，文学者不外知识与感情交代之结果而已。苟无锐敏之知识与深邃之感情者，不足与文学之事。"第二年，署名"樊志厚"的《人间词乙稿序》亦说："文学之事，其内足以摅己，而外足以感人者，意与境二者而已。上焉者意与境浑，其次或以境胜，或以意胜。苟缺其一，不足以言文学。"樊志厚其人，有人说是王国维自己的托名，有人说是与王国维"同学相交垂三十年"的樊少泉（樊少泉《王忠悫公事略》）。假如是后者，也应该说与王国维的观点十分接近，因为序称王国维"诒书告余曰":"知我词者莫如子,叙之亦莫如子宜。"在《此君轩记》中王国维又借绘画阐述艺术创作中情景交融、物我冥合的特征曰:"如屈子之于香草,渊明之于菊,王子猷之于竹,玩赏之不足以咏叹之,咏叹之不足而斯物遂若为斯人之所专有,是岂徒有托而然哉!其于此数者,必有相契于意言之表也。善画竹者亦然。彼独有见于其原,而直以其胸中潇洒之致,劲直之气,一寄之于画,其所写者,即其所观;其所观者,即其所畜者也。物我无间,而道艺为一,与天冥合,而不知其所以然。"总之,从作品的"原质"言,必须具备"情"、"景",且要"意与境浑"。

第二、情景须真。崇尚"真"是王国维的一贯思想。他认为"真文学"当不受功利的干预,做到景真、情真,而"情真"尤为重要,因为"感情真者,其观物亦真"。屈原、陶潜、杜甫、苏轼之所以伟大,就在于能"感自己之感,言自己之言"(《文学小言》)。总之,作品的"原质"不但有"情"有"景",而且必须有"真景物、真感情",这才可谓有"境界"。联系王国维词作来看,他所说的"真"不仅仅是真切的一己之情,而且是诗人对宇宙实底、人生本质、人类命运的终极关怀和体悟。《观堂外集·苕华词又序》中王国维说，真正的大诗人，"又以人类感情为其一己之感情"。这种感情出自诗人"自己之感"，又和人类的基本普遍感情相通，是诗人"不失其赤子之心""以血书者"之感情。这才是王国维向往的最高的"真"。只有具备这种"真"的艺术境界，文学才能"与哲学有同一性质，其所欲解者皆宇宙人生根本之问题"。

第三，"真景物、真感情"得以鲜明真切地表达。作者观物写景，须感情真挚，而若不能恰当表现，文不逮意，则亦不能有境界。这正如陆机《文赋》所说："恒患意不称物，辞不达意，盖非知之难，能之难也。"而宋祁《玉楼春》"红杏枝头春意闹"中的"闹"字，生动地渲染了杏花怒放、大好春光的景象，传递了人们踏春的无限兴致；张先《天仙子》"云破月来花弄影"中的"弄"字，也写活了明月泻辉、花影摇曳的幽境和作者疏散闲适的情趣，都能把"真景物、真感情"表达得极真极活，故曰著此两字，"境界全出矣"。

据上分析，王国维标举的"境界"乃是指真切鲜明地表现出来的情景交融的艺术形象。这主要是侧重于作者的感受、作品的表现的角度上来强调表达"真感情、真景物"的。在《词话》第36则后，王国维又连续使用了"隔"与"不隔"的概念，对"境界"说又偏重于从读者审美的角度上来加以补充。他说：

美成《青玉案》(按：当作《苏幕遮》)词"叶上初阳干宿雨，水面清圆，一一风荷举"，此真能得荷之神理者，觉白石《念奴娇》、《惜红衣》二词犹有隔雾看花之恨。

白石写景之作，如"二十四桥仍在，波心荡冷月无声"，"数峰清苦，商略黄昏雨"，"高树晚蝉，说西风消息"，虽格韵高绝，然如雾里看花，终隔一层。梅溪、梦窗诸家写景之病皆在一"隔"字。

这里连用了"雾里看花"来比喻"隔"，都是倾向于指读者审美观感上体验到的"写景之病"。接着，他又进一步举例说明"隔"与"不隔"之别：

问"隔"与"不隔"之别。曰:陶谢之诗不隔,延年之诗稍隔矣;东坡之诗不隔,山谷则稍隔矣。"池塘生春草"、"空梁落燕泥"等二句,妙处唯在不隔。词亦如是,即以一人一词,如欧阳公《少年游·咏春草》上半阕云:"阑干十二独凭春,晴碧远连云,千里万里,二月三月,行色苦愁人",语语都在目前,便是不隔。至云"谢家池上,江淹浦畔",则隔矣。白石《翠楼吟》:"此地宜有词仙,拥素云黄鹤,与君游戏,玉梯凝望久,叹芳草萋萋千里",便是不隔;至"酒祓清愁,花消英气",则隔矣。然南宋词虽有不隔处,比之前人,自有浅深厚薄之别。

"生年不满百,常怀千岁忧。昼短苦夜长,何不秉烛游","服食求神仙,多为药所误。不如饮美酒,被服纨与素"。写情如此,方为不隔。"采菊东篱下,悠然见南山。山气日夕佳,飞鸟相与还","天似穹庐,笼盖四野。天苍苍,野茫茫,风吹草低见牛羊",写景如此,方为不隔。

综观上引数例,不论是"写情"还是"写景",凡是直接能给人一种鲜明、生动、真切感受的则为"不隔",所谓"语语都在目前,便是不隔",也就是"其言情也必沁人心脾,其写景也必豁人耳目。其辞脱口而出,无矫揉妆束之态"。反之,若在创作时感情虚浮矫饰,遣词过于做作,如多用"代字"(按:如"以'桂华'二字代月"等)、"隶事",乃至一些浮而不实的"游词",以致或强或弱地破坏了作品的意象的真切性,这就难免使读者欣赏时犹如雾里观花,产生了"隔"或"稍隔"的感觉。因此,归根到底,"隔"与"不隔"的关键还是在于作品本身是否真切地表达了"真感情、真景物"。"境界全出"的作品,欣赏者一定能得到"不隔"的审美感受;无境界的作品,一定会给人以一种"隔雾看花之恨"。"隔"与"不隔"之说只是对"境界"这一范畴偏于读者审美感受方面再作一点补充,使其内涵覆盖到作者、作品、读者三个方面,更加完善。

综上所述,王国维标举"境界"说使当时的词论能跳出浙、常两派的窠臼,显然具有强烈的现实意义。而且,从理论发展史上来看,他采用的"境界"一词已被历来文艺批评家广泛使用,且其主要内涵如强调情景交融、崇尚真切等也为论者所常道。那么其"境界"说从理论发展的历史上看,究竟有何意义,价值何在呢？

第一，它使众说纷纭的"意境"探讨植根于"本"的求索上而不是着重于"末"的玩味上。沧浪之"兴趣"，阮亭之"神韵"本与"境界"相通，但"兴趣"、"神韵"之说都偏于读者的审美感受，又说得迷离恍惚，难以捉摸，而王国维的"境界"则使人注重于之所以产生"兴趣"、"神韵"的美的本质属性，使人从观赏"面目"而深入到追究本质，使空灵蕴藉的回味找到具体可感的形象实体。故他认为"兴趣"、"神韵"等"不过道其面目"，而"'境界'二字，为探其本也"。又说："言气质，言神韵，不如言境界。有境界，本也。气质、神韵，末也。有境界而二者随之矣。"

第二，它对"意境"之"本"——"情"和"景"作了新的明确界定。他指出："景""以描写自然及人生之事实为主"，是"客观的"、"知识的"；"情"为"吾人对此种事实之精神之态度"，是"主观的"、"感情的"。这一解释，由于吸取了西方的美学观念，比之以前更为切实，且把"情"亦列入艺术再现的对象，说"激烈之感情，亦得为直观之对象、文学之材料"、"喜怒哀乐亦人心之一境界",这也是前人所没有明确的。

第三,它既强调了"意境"之"本",又包容了"意境"之"末",照顾到作者的体验、作品的表现、读者的感受等方方面面,所以比之"兴趣"、"神韵"诸说不但更为切实,而且更为全面。

此外,王国维还借用了西方的美学观念,对其"境界"作了"造境"与"写境"、"有我之境"与"无我之境"等分类,使"意境"说的讨论得到进一步的深入,并为意境的内涵注入了新的血液。

(二)"造境"与"写境"

《人间词话》论"造境"与"写境"云:

有造境,有写境,此理想与写实二派之所由分。然二者颇难分别。因大诗人所造之境,必合乎自然,所写之境,亦必邻于理想故也。

自然中之物,互相关系,互相限制。然其写之于文学及美术中也,必遗其关系限制之处,故虽写实家亦理想家也。又虽如何虚构之境,其材料必求之于自然,而其构造,亦必从自然之法,故虽理想家亦写实家也。

这两则论说写得十分明白:"造境"与"写境"之分主要是由不同的艺术创作方法所造成的。它们构成的"材料"虽然相同,都"必求之于自然",然造境主要是由理想家按其主观"理想"及虚构而成,而"写境"则主要是由写实家按其客观"自然"描写而成。要之,"造境"即是"虚构之境","写境"即是写实之境。由于这两种不同的创作方法而造成两种不同的境界,文艺就分成了理想与写实两大派。

显然,王国维以艺术创作的方法将文艺分成造境与写境两种境界、理想与写实两大流派,与我国传统的"虚实"论有关,然而更主要的是由于吸取了西方新的美学观念。这种新观念在当时文艺界已经成为常识。早在1902年,梁启超在影响巨大的《小说与群治之关系》一文中就明确将小说分成为"理想派"与"写实派"两种,且说"小说种目虽多,未有能出此两派范围者也"。故在这里不能过分强调《词话》中某些词句与王国维先前翻译和理解的叔本华思想的联系,从而否定这是在创作方法上的区分。比如这里所说的"遗其关系、限制之处"就不是《叔本华与尼采》中所指的"不受空间之形式"限制或"超乎一切变化关系之外"的对于"物自身"的直接观照,而是指作家排除现实中错综复杂的"关系、限制之处"而加以典型化。至于这里所说的"理想"与叔本华的"美的理想"或"理念"也不尽相同。人们不能否认王国维受到叔本华思想影响之深,但应该看到他的认识也是在不断发展变化的。他的关于造境与写境的思想,主要是接受了其他新观念乃至梁启超的影响。

然而,他比梁启超所论"理想派"、"写实派"有所发展。这主要反映在他不但注意到了两派的区分,而且进一步着重分析了两派的联系和渗透。王国维认为,写实并非是照搬自然,依样葫芦,而必须用先验的审美理想去扬弃生活中的"关系、限制之处",加以提炼、改造;而造境也并非是胡编乱造,随意捏合,而必须遵循自然规律,植根于客观世界;故"大诗人所造之境必合乎自然,所写之境,亦必邻于理想",理想与现实统一于一体。王国维对"写实"与"理想"两派(也即后来通译的现实主义与浪漫主义两派)不同创作方法的特点、区别和联系作如此论述,是比较精辟的,在文学批评史上作出了新的贡献。

(三)"有我之境"与"无我之境"

王国维又论"有我之境"与"无我之境"云:

有有我之境,有无我之境。"泪眼问花花不语,乱红飞过秋千去。""可堪孤馆闭春寒,杜鹃声里斜阳暮。"有我之境也。"采菊东篱下,悠然见南山。""寒波澹澹起,白鸟悠悠下。"无我之境也。有我之境,以我观物,故物皆著我之色彩;无我之境,以物观物,故不知何者为我,何者为物。古人为词,写有我之境者为多。然未始不能写无我之境,此在豪杰之士能自树立耳。

无我之境,人惟于静中得之。有我之境,于由动之静时得之。故一优美,一宏壮也。

综合这两则论说的主要观点为："无我之境"的观物方式是"以物观物"，"于静中得之"，结果给人的美感是"优美"；而"有我之境"的观物方式是"以我观物"，"于由动之静时得之"，结果给人的美感为"宏壮"。故"有我之境"与"无我之境"是根据观物方式（审美观照）的不同及由此而产生的美感性质的不同来区分的。在这里，王国维使用的"以物观物"、"以我观物"的语言乃至某些精神，虽与宋代道学家邵雍的《皇极经世全书解·观物外篇》中所论相似，但其论"有我之境"与"无我之境"的基本思想无疑是来自博克、康德、叔本华等的美学观。我们只要深入研究王国维在《红楼梦评论》等处有关区别"优美"与"壮美"的论述，"有我之境"、"无我之境"内涵就可迎刃而解。《红楼梦评论》区别"优美""壮美"云："美之为物有二种：一曰优美，一曰壮美。苟一物焉，与吾人无利害之关系，而吾人之观之也，不观其关系，而但观其物。或吾人之心中，无丝毫生活之欲存，而其观物也，不视为与我有关系之物，而但视为外物，则今之所观者，非昔之所观者也。此时吾心宁静之状态，名之曰优美之情，而谓此物曰优美。若此物大不利于吾人，而吾人生活之意志为之破裂,因之意志遁去,而知力得为独立之作用,以深观其物,吾人谓此物曰壮美,而谓其感情曰壮美之情。"这里,"优美"和"壮美"的区别,也就是"无我之境"和"有我之境"的区别。

他所谓的"无我之境"并不是指一般意义上的"无我",即作品不带作者任何的主观感情及个性特征。如前所述,王国维所论境界的核心即是"写真景物真感情",且认为"文学者,不外知识与感情交代之结果而已"(《文学小言》)。"昔人论诗词有景语、情语之别,不知一切景语皆情语也"。这说明他也十分清楚绝对的无情无"我"之境是不存在的。这里所指的"无我之境",乃是指审美主体"我""无丝毫生活之欲",与外物"无利害之关系",审美时"吾心宁静之状态",全部沉浸于"外物"之中,达到了与物俱化的境界。"按一句有意味的德国成语来说,就是人们自失于对象之中了,……好像仅仅只有对象的存在而没有觉知这对象的人了,所以人们不能再把直观者(其人)和直观(本身)分开来了,而是两者已经合一了;这同时即是整个意识完全为一个单一的直觉景象所充满,所占据。"

（叔本华《作为意志和表象的世界》，商务印书馆1982年版）此时创造的诗境，即为物我合一的"无我之境"。如陶渊明《饮酒》的"采菊东篱下，悠然见南山"，及元好问《颍亭留别》的"寒波澹澹起，白鸟悠悠下"，都因为是表达了一种心境完全融化在客观淡远静穆的景物之中，从而创造了一种"无我之境"。这种"无我之境"不是无感情、无个性的境界，而是一种对"无利害之关系"的外物静观而产生的物我浑化的"优美之境"。

所谓"有我之境"也不是指感情强烈个性鲜明之境，而是指"我"的意志尚存，且与外物有着某种对立的关系，当"外物大不利于吾人"而威胁着意志时观物而所得的一种境界。用王国维的话来说，此时"吾人生活之意志为之破裂，因之意志遁去，而知力得独立之作用，以深观其物"，得"壮美之情"。这段话颇为费解。假如参阅今人所译叔本华《作为意志和表象的世界》中有关论述的话，就比较容易理解。叔本华说，此时审美主体"经强力挣脱了自己的意志及其关系而仅仅只委心于认识，只是作为认识的纯粹无意志的主体宁静地观赏着那些对于意志（非常）可怕的对象，只把握着对象中与任何关系不相涉的理念,因而乐于在对象的观赏中逗留;结果,这观察者正是由此而超脱了自己,超脱了他本人,超脱了他的欲求和一切欲求;——这样,他就充满了壮美感,他已在超然物外的状况中了,因而人们也把那促成这一状况的对象叫做壮美。"于此,我们就明白了王国维"有我之境"以"以我观物"之所以不同于"无我之境"的"以物观物",其关键是因为存有"我"的意志,且与外物存在着对立关系;他所谓的"由动之静"是由于"我"经历了一个"由强力挣脱了自己的意志及其关系而仅仅只委心于认识"的过程。冯延巳《鹊踏枝》"泪眼问花花不语,乱红飞过秋千去",描写的是独立黄昏、惜春伤逝之"我",面对着雨横风狂、落花零飘的"外物"而产生的一种无可奈何的伤感。而秦观《踏莎行》"可堪孤馆闭春寒,杜鹃声里斜阳暮"是写春寒袭人、杜鹃啼血、夕阳西下,"外物"从触觉、听觉、视觉几方面给漂泊蓬转之"我"以刺激,创造了一种孤独、寂寞、无限凄婉之境。这两首词都是描绘了一种"外物大不利于吾人"时"以我观物"所得之境,故称之为"有我之境"。

据上所述,"无我之境"与"有我之境"的创造显然有难易之别。因为根据叔本华的哲学思想,人莫不有生活之欲,受意志之支配。只有绝灭意欲才得解脱。然一般人难以达到这一境界,往往带着"我"的意志观物,常与外物处于对立状态,作品总是带着欲望和意志的色彩,表现"有我之境"。相对来说,能绝灭欲念,能达到物我浑然的境地,写出"无我之境"就比较难得。正是在这意义上王国维说:"古人为词,写有我之境者为多,然未始不能写无我之境,此在豪杰之士能自树立耳。"然而从既成作品的文学意义上看,不论是"优美"的"无我之境",还是"壮美"的"有我之境",都能给人以美的享受,"使吾人离生活之欲",具有共通性。故他在《红楼梦评论》中论"壮美之情"说:"其快乐存于使人忘物我之关系,则固与优美无以异也。"因此,没有必要在美学上将"有我之境"与"无我之境"强分优劣高下。

(四)"内美"与"修能"、"能人"与"能出"

以上是王国维标举的"境界"的内涵及分类问题。与此相关,他又在《人间词话》中就作家本身的素质、修养、观察生活的能力与方式等问题表述了一些意见。他曾借用屈原《离骚》中的两句话说：

　　"纷吾既有此内美兮，又重之以修能。"文学之事，于此两者，不可缺一。然词乃抒情之作，故尤重内美。

王国维所谓的"内美"是建筑在他的"天才说"基础上的。其"天才说"认为文艺"为天才游戏之事业，而不能以他道劝者也"（《文学小言》），故内美是一种与生俱有的美质。这种美质的核心内容是"高尚伟大之人格"及"赤子之心"。他在《文学小言》中说：

　　三代以下之诗人，无过于屈子、渊明、子美、子瞻者。此四子者苟无文学之天才，其人格亦自足千古。故无高尚伟大之人格，而有高尚伟大之文学者，殆未之有也。

至于论"赤子之心"之处更多。他在《叔本华与尼采》一文中反复强调:"天才者,不失其赤子之心者也。""故自某方面观之,凡赤子皆天才也。又,凡天才,自某点观之,皆赤子也。"王国维的"赤子之心"相当于李贽标榜的绝假纯真之"童心"。他认为人的本质是真,涉世被染则假,故"阅世愈浅,则性情愈真"。词人能保存"赤子之心",便"能写真景物真性情"。他在《人间词话》中给李后主、纳兰性德以极高的评价,正是以为他们有此内美:

> 词人者,不失其赤子之心者也。故生于深宫之中,长于妇人之手,是后主为人君所短处,亦即为词人所长处。

> 纳兰容若以自然之眼观物,以自然之舌言情。此由初入中原,未染汉人风气,故能真切如此。北宋以来,一人而已。

于此可见,王国维"内美"的本质是先验唯心的,但他强调"人格"和"真切",自有其合理的因素,且在他的理论中也有重视后天修养的一面。《文学小言》论"天才"时就说"又须济之以学问,助之以德性,始能产真正之大文学"。同时又借用宋词名句形容后天"修养"的必要性曰:

古今成大事业大学问者，不可不历三种之阶级："昨夜西风凋碧树，独上高楼，望尽天涯路。"（晏同叔《蝶恋花》）此第一阶级也。"衣带渐宽终不悔，为伊消得人憔悴。"（欧阳永叔《蝶恋花》）此第二阶级也。"众里寻他千百度，回头蓦见，那人正在灯火阑珊处。"（辛幼安《青玉案》）此第三阶级也。未有未开第一第二阶级，而能遽跻第三阶级者。文学亦然。此有文学上之天才者，所以又需莫大之修养也。

此则在《人间词话》等处稍作改动后被反复引用，足见为王氏得意之论，充分地说明了他对后天修养的重视。

所谓"修能"，亦即后天的修养。对其具体内涵，王国维虽然提及"学问"及一些具体的技巧问题，然为人所注目者，乃是有关作家对待现实生活态度的"能入"、"能出"说：

诗人对宇宙人生，须入乎其内，又须出乎其外。入乎其内，故能写之；出乎其外，故能观之。入乎其内，故有生气；出乎其外，故有高致。美成能入不能出，白石以降，于此二事皆未梦见。

关于"能入"、"能出"的类似说法在中国古代文论中时有所见，且与现代理论中"深入生活"、"高于生活"的观点貌似相同，然王国维对此有独特的理解。他所谓的"入乎其内"，确有这样的涵义：对"宇宙人生"作深刻体验、精细观察，以积累丰富的材料，逼真地描绘生活。正是在这意义上他说："若夫叙事，则其所需之时日长，而其所取之材料富。"(《文学小言》)"阅世愈深，则材料愈丰富，愈变化，《水浒传》、《红楼梦》之作者是也。"这样，我们也可完全理解他所说的"入乎其内""故能写之"与"故有生气"之间的逻辑联系。但是，我们必须明白王国维关于"宇宙人生"的概念同我们所说的社会生活根本不同。他的"宇宙人生"的本质是"意志"："生活者非他，不过自吾人之知识中所观之意志也。"(《叔本华之哲学及其教育学说》)"生活之本质何？欲而已矣。欲之为性无厌，而其原生于不足。不足之状态，苦痛是矣。……故欲与生活，与苦痛，三者一而已矣。"因此，他的"入乎其内"最终是要求人们能体验到生活的本质在于"欲",在于"苦痛",以求"解脱"。所谓"洞观宇宙人生之本质,始知生活与痛苦之不能相离,由是求绝其生活之欲,而得解脱之道"。(《红楼梦评论》)他的"出乎其外",也就是指能摆脱生活之欲,忘掉物我关系,从而对审美对象进行"静观",创造能给人以暂求解脱的艺术美。正是在这意义上他说"出乎其外,故能观之","出乎其外,故有高致"。其"观之",就是指超然物外的审美静观;其"高致",就是指排除生活之欲的暂时解脱。当然,从广义上看,将"出乎其外"理解成与审美对象保持一定的距离或站在一定的高度观察生活,也有某种合理性。因为"不识庐山真面目"常常是"只缘身在此山中"。"出乎其外"确能收到高瞻远瞩、旁观者清的效果。不过这毕竟与王国维的"能入"、"能出"说略有异同。

五、"一代有一代之文学"

——"始盛终衰"的文体演变观

对于文学的历史进程,中国文学批评史上有不同的看法,或主张新变代雄,或主张复古绍祖,或主张会通适变。其中,复古论调的影响力最大。文人多以为"文源于五经",后代的文学一代不如一代,每况愈下,轻视小说、戏曲等新兴文体。王国维接受西方文学观念的影响,对小说、戏曲给予热心的关注,并作悉心的研究以提高它们在中国文学上的地位。他反对复古倒退的文学史观,提出"凡一代有一代之文学"的著名论断,解脱了尊崇往古鄙薄新异的传统旧文学观念的束缚。《宋元戏曲史自序》说:"凡一代有一代之文学。楚之骚、汉之赋、六代之骈语、唐之诗、宋之词、元之曲,皆所谓'一代之文学',而后世莫能继焉者也。"在王国维之前,焦循提出"一代有一代之所胜"的观点,阐明文学和时代的联系。王国维和焦循在这点上是一脉相承的。

就整个文学发展的历史态势说,一代有一代之文学。若就某一种文体来看,王国维提出文学嬗变的基本趋势是"始盛终衰"这一观点。《人间词话》云:

四言敝而有《楚辞》,《楚辞》敝而有五言,五言敝而有七言,古诗敝而有律绝,律绝敝而有词。盖文体通行既久,染指遂多，自成习套。豪杰之士，亦难于其中自出新意，故遁而作他体，以自解脱，一切文体所以始盛终衰者，皆由于此。故谓文学后不如前，余未敢信，但就一体论，则此说固无以易也。

从文学的外部关系看，文学随时代的发展而发展，每一个时代都有表现其时代精神的文学样式，故"一代有一代之文学"。从文学自身内部因素看，每一种文体都有从尝试到盛大到落入习套而衰敝这样一个始盛终衰的过程。正是这种文学外部和内部关系的紧张，导致文体的嬗递，推动文学的发展。四言敝而有《楚辞》，《楚辞》敝而有五言，五言敝而有七言，古诗敝而有律绝，律绝敝而有词。王国维这种文体演变观是对明末清初顾炎武"诗体代降"说的发挥，不过更侧重于文体自身规律而已。顾炎武说：

　　诗文之所以代变，有不得不变者。一代之文，沿袭已久，不容人人皆道此语。今且千数百年矣，而犹取古人之陈言，一一而摹仿之，是以为诗，可乎？故不似则失其所以为诗，似则失其所以为我。李杜之诗，所以独高于唐人者，以其未尝不似，而未尝似也。知此者可与言诗也已矣。（《日知录》卷二十一"诗体代降"条）

顾、王之论，都是从中国文学发展史实中概括出文体的演变规律。王国维所说的"自成习套"，主要是指前人反复为之，渐成"习惯"的一些形式技巧上的格套框式。后人难以脱离窠臼，别开生面，于是，此种文体便渐渐失去其艺术生命。《人间词话》上说：

社会上之习惯，杀许多之善人；文学上之习惯，杀许多之天才。

天才和豪杰之士都是很难脱离习惯定式，作出新的创造。而真正善于创造的文学家往往是撇开已成习惯的文体于一边，而敏锐地从前代文学中发现富有生机的新文体的幼芽，加以培植浇灌，发扬光大，在因袭中谋创新。"五七律始于齐梁而盛于唐，词源于唐而大成于北宋"，文学史事实说明，当一种文体走向僵化衰敝时（如齐梁骈体和后期唐诗），另一种新兴文体已在潜滋暗长了。伟大的作家顺应新文体发展的趋势，加以积极的创造，就能取得惊人的成就。拿王国维对屈原的分析来看吧。《人间词话》说："楚辞之体，非屈子之所创也。《沧浪》《凤兮》之歌已与《三百篇》异，然至屈子而最工。"也就是说，《沧浪》《凤兮》二歌已呈露出和《三百篇》文体不相同的新文体的苗头。屈原捉住这个苗头而辛勤的发挥创造，于是产生出一代之胜的楚辞。屈原的创作，"感自己之感，言自己之言"，迎来楚辞的兴盛。到宋玉、景差之徒，则"感屈子之所感而言其所言"；最后，王逸"但袭其貌而无真情以济之"，结果都陷入屈原的窠臼里，超越不出去，于是"不复为楚人之词者也"（《文学小言》）。

文体"始盛终衰"的另一意思是指，文体在作家的运用过程中，受到功利实用目的的污染，沦为谋求名利的工具，从而失去自身的生机和活力。《人间词话》说：

诗至唐中叶以后殆为羔雁之具矣，故五代北宋之诗佳者绝少，而词则为其极盛时代。即诗词兼擅如永叔、少游者，词胜于诗远甚，以其写之于诗者不如写之于词者之真也。至南宋以后，词亦为羔雁之具，而词亦替矣。此亦文学升降之关键也。

"羔雁"，指小羊与雁，古代卿大夫相见时以之作为礼品。王国维认为诗歌到唐中叶以后，沦为美刺投赠、攀缘邀誉的工具，作家失去真实的个性，作品也没有"真感情、真景物"；结果"佳者绝少"。当诗这种文体衰敝的时候，词代之而起，文人将其真情个性寄之于词，于是词进入极盛时代；到了南宋，词又沦落为文人的"羔雁之具"，成为文人炫耀才技、标榜风雅的招牌，于是，词的命运，又沉潜不振了。这也是"始盛终衰"的文体现象。

王国维在《人间词话》中明显表现出尊北宋抑南宋的批评偏向。对五代北宋词人，他给予极高的评价。他称冯延巳词"开北宋一代风气"，"词至李后主而眼界始大，感慨遂深"；激赏欧词豪放中有沉着之致,苏词风神旷放,有雅量高致;又评秦观"词境最为凄婉",周邦彦词以"精工博大"胜。对南宋词人,除了辛弃疾外,王国维多有指瑕,甚至给予严厉的批评。他斥责"白石有格而无情,剑南有气而乏韵","梅溪、梦窗诸家写景之病,皆在一'隔'字","草窗、玉田词不是平淡,乃是枯槁"。之所以会作出这种陟此黜彼的轩轾,首先是由于王国维从他看重"真感情真景物"的境界出发,更看重不受形式技巧束缚、发自天机一片纯真的北宋词,而对南宋词徒注重格律音节等技巧,而忽视意境的创造当然有所不满。其次,更主要的是,王国维的这种褒贬态度,是有意针对当时词坛的流弊而发的,旨在救时人词论之失。

清朝初期,朱彝尊、厉鹗等人倡导浙西词派,以"雅正"论词。朱彝尊认为"填词最雅"的是姜夔,史达祖、吴文英、蒋捷、王沂孙、张炎、周密等人宗奉姜夔,一路下来形成了雅词传统。浙西词派标榜姜夔和张炎为学习楷模,形成"数千年来,浙西填者,家白石而户玉田"的局面。嘉庆年间,张惠言创立常州词派,论词尚比兴寄托。周济发展了常州词派,主张"非寄托不入,专寄托不出",论词推举周邦彦、辛弃疾、吴文英、王沂孙。周济曾说过:"词以思笔为入门阶陛。碧山(王沂孙)思笔,可谓双绝,幽折处大胜白石",最宜初学者学习。晚清王鹏运、朱孝臧等人又倡学吴文英,推为极则。有清一代,词学一直为南宋所笼罩,词人委心于声律精审、对偶工切、用字尖新等形式技巧上,流弊所及,或浮滑泛情,或晦涩沉黯,成了王国维所讥刺的"文绣的文学""馂馅的文学"。面对当时词坛徒重声律、堆垛故实的不良习气,王国维提倡境界,尊崇五代北宋词,以期廓清这种风气。

顺便谈及王国维和新文化运动的关系。对于新文化运动的废文言倡白话,王国维是明确地持反对态度的。这一方面是出于忠君保皇的保守的政治立场;另一方面又和王国维提倡"古雅"美的美学观念有关。但是,在新旧文化的转换过程中,王国维不自觉地起着一定的中介作用。王国维在《人间词话》中表现出反对形式桎梏、主张表达真情的思想,在《宋元戏曲史》中称赞元剧"实于新文体中自由使用新言语"的见解,和一以贯之的反对政治功利主义纯美文学观,对胡适等人倡导新文化运动和文学革命具有一定的启示意义。毅永在天津《大公报》文学副刊"王静安先生逝世周年纪念"分析了王国维对胡适的启迪和影响,吴文祺在《小说月报》第十七卷发表文章,称赞王国维为"文学革命的先驱者",确为不虚之论。

总之,王国维的《人间词话》在中西文艺思想交流融合的道路上迈出了坚实的一步,尽管它受到时代的局限和唯心主义哲学及美学观点的束缚,不可避免地带有某些缺陷和疏误,但总体来说,它观点新颖,立论精辟,自成体系,在中国诗话、词话发展史上堪称是一部划时代的作品。因此,它理所当然地受到国内外学者的普遍重视。

六、《人间词话》的版本和删改情况

《人间词话》的版本较为复杂。最初在 1908 年 10 月到 1909 年 1 月的《国粹学报》第四十七、四十九和第五十期上连载,共 64 则,由王国维手定。

1926 年北京朴社将此印成单行本,由俞平伯标点,并作序。

1927 年赵万里据王国维未刊稿录出《人间词话删稿》44则、《蕙风琴趣》评语 2 则、其他词评 2 则,共 48 则,刊于《小说月报》第十九卷三号。

1928 年,罗振玉编《海宁王忠悫公遗书》本时,收《国粹学报》上刊出的六十四则为上卷,《小说月报》上刊出的 48 则为下卷,共收词话 112 则。

1940 年,徐调孚的《校注人间词话》又从王国维遗书中录出论词片断 18 则,增"补遗"一卷,共成 130 则。

1947 年开明书店重印此书时,又增陈乃乾所辑王国维论词评语 7 则,合为 137 则。

1960 年,王幼安重新加以校订编次,又增补原手稿中的词话 5 则,共 142 则,由人民文学出版社与《蕙风词话》合订一册排印出版。

1981 年,齐鲁书社出版了滕咸惠的《人间词话新注》。此书据王国维的原稿整理而成,"原稿已删之若干条及已删之若干文句照样录出并加按语说明"。与王幼安本相比多出 13则,定为上卷《人间词话》;下卷为《人间词话附录》,收王国维零星论词语 28 则,删去王幼安本误收的第 19 则,共收词话 154 则。1982 年 11 月作者又进行修订,于 1986 年出版《人间词话新注》修订本。

1982 年第 5 期《河南师大学报》发表陈杏珍、刘烜重订《人间词话》,分为上下两卷。上卷为王国维手定词话 64 则,下卷收未刊手稿 49 则(实为 50 则)和若干附录。

王国维《人间词话》手稿藏北京图书馆,系写于一旧笔记本上,共二十页,125 则。著者在手稿上已亲手删去 12 则。1908 年从删节后的 113 则中节选 63 则,外添一则,计 64 则,发表于《国粹学报》,文字上也有较大的删改。七八年后,又从旧稿中检出"颇有可采者"23 则录入《二牗轩随录》,载于《盛京时报》,次序也多有调整。

王国维亲手在手稿上删去词话 13 则中,有一条曰:"论诗词,有景语、情语之别,不知一切景语,皆情语也。"后人纷纷称道此则对中国古代文学理论中情景关系论概括之精辟。其实在王国维之前,文论家已多次阐发了文学创作中情和景相互诱发促动、彼此交融的关系,认识到意象营造时情感的主导作用。王夫之说："景中生情，情中含景。故曰：景者情之景，情者景之情也。"（《唐诗评选》卷四）吴乔《围炉诗话》云："问曰：'言情叙景若何？'答曰：'诗以道性情，无所谓景也。'《三百篇》中之兴，'关关雎鸠'等，有似乎是。后人因此成烟云月露之词，景遂与情并言，而兴义以微。然唐诗犹自有兴，宋诗鲜焉。明之瞎唐诗，景尚不成，何况于兴？"认为景不是和情并列对峙的一个要素，而是动感兴情的诱因，在情景互动中，景为情设，因景兴情。李渔《窥词管见》云："词虽不出情景二字，亦分主客，情为主，景是客，说景即是说情，非借物遣怀，即将人喻物。有全篇不露秋毫情意，而实句句是情、字字关情者，切勿泥定即景承物之说，为题字所误，认真做向外面去。"联系前人的这些论说来看，此则"一切景语皆情语"，并非王国维独异自得之见，故删去。

论述双声叠韵的两条也被删去。王国维并非不擅或不喜声律，且这两条见解很为独特新鲜，但鉴于当时词坛奢谈南宋，忽略北宋，偏擅韵律技巧而失去天真自然的风气，故他有意提倡北宋，标举境界，以期恢复词创作的正途。这是《人间词话》的基本宗旨,因此王国维删去这专谈声律技巧的两则,也在情理之中的。同样,考证词向曲过渡的形式和作品的两则,考证《尊前集》的一则,在内容、风格和体例上和整个《人间词话》不够协调一致,也在见删之列。王国维已有过《屈子文学之精神》一文专论屈原的创作精神。《人间词话》原稿中论《楚辞》之体的两则,内容和词论有一定距离,其引申出的词学批评已在其他各条中屡见,故这两则也被删去。又其中一条引申金朗甫"分词为淫词、鄙词、游词三种","五代、北宋之词其失也淫",明显和王国维推崇五代北宋的词学观相左,故也被删。总之,王国维亲手删去原稿中若干条目,旨在使《词话》内容相对集中和统一。

《人间词话》手稿 125 则的排列,和古代大多诗话词话一样,没有明确的次序和先后标准,且理论阐述和具体实践相互羼杂,体现诗话词话写作随意即兴、应机而发的一般特点。但是,从王国维亲自编定后交《国粹学报》发表的 64 则和《二牖轩随录》中"自编《人间词话》选"来看,著者有意调整了排列次序,作了一种系统化安排。64 则词话之前 9 则,是对词学理论

"境界"说的具体内涵作理论性阐述,为随后的具体词作批评标立一种新的批评基准和理论。第10至52则是按时代先后,自李白、温庭筠、韦庄、李璟、李煜、冯延巳以下,以迄于清代纳兰性德,分别对历代各家作品进行具体的实践批评。第53则后之数则,分别论及历代文学体式之演进,诗中隶事,诗人与外物之关系,诗中之游词等问题,是结合具体词作分析对"境界"说理论作补充和延伸(叶嘉莹《王国维及其文学批评》论此较详,可参看)。自编《人间词话》选,大体上也体现出由词学理论到具体批评实践的逻辑顺序。

王国维发表64则《人间词话》时,对之进行字斟句酌、细致推敲,作了一些删改。这些删改不一定说明了王国维词学理论的发展演变,但从中可以发现他对自己的理论和批评作了更精细审辨的思考,增强了表述的精确性和统一性。

王国维的这些删改大致包括以下几个方面:

一、避免前后表述的不一致而作适当的删改。第3则原稿有"此即主观诗与客观诗之所由分也"。其实王国维词学思想并不想强作主观、客观之分,且第二则谈"造境"、"写境"时他特别强调了二者相互联系关切的一面。因此这一句删去是可以理解的。第 19 则原稿有"中、后二主皆未逮其精诣"等句,也和王国维崇尚五代、特赏后主词的旨趣不一致。原稿认为《花间集》不选冯延巳词是因为"文采为功名所掩",删改后则指出冯词和二主词内容与风格迥异于《花间集》,实为北宋之先声。第 44 则,原稿有"白石之旷在文字而不在胸襟",从第 45 则说白石"不免局促辕下"看,王国维认为白石胸襟和义字都谈不上"旷";又《词辨》眉批,王国维引周济话说白石"门径浅狭",也不是"旷",因此,发表时删去此句。第 57 则,原稿有"怀古咏史"四字,似乎王国维对怀古咏史之类粘着于现实的诗词也表示不满。其实,怀古咏史之类也有诸多优秀之作,况且王国维自己曾有《咏史》、《读史二绝句》等诗。因此,删去此四字,才能自圆其说。在"工"和"真"两者之间,王国维明显倾向于后者,甚至不计工拙而只求真感情真景物。为此,他将初稿第 31 则"不期工而自工"改作"自成高格、自有名句",避免人误解境界的落脚点在"自工"上。

二、通过适当的删改使内容表述得更为明确具体。第 6

则原稿"感情"是泛指,后改为"喜怒哀乐",更为具体生动。第16则原稿"故后主之词,天真之词也;他人人工之词也",本为称赞后主,但将后主和其他词人完全对峙起来,显然崇扬过分,故删去。第26则原稿有"第一境界""第二境界""第三境界"字样,难免造成误解,误为境界之类型,于是"第一境""第二境""第三境",指追求学问的三个层次。此外,像第32、34、37、51、52、56等则,都通过删改避免误解和歧义,使诗词批评的表述更为明确晰辨。

三、删去若干条目中偏于考证的内容,如第12则、第47则。

总之,经过王国维的亲手删改,64则《人间词话》内容表述更为精审明辨、细致具体。但同时,我们也不能忽视被删改的地方。它对于研究王国维美学和文学思想的发展历程显然也具有重要的价值。

人间词话 |

王国维　撰

陈杏珍　刘烜　重订

卷　上

1. 词以境界为最上。有境界则自成高格，自有名句。[1]五代、北宋之词所以独绝者在此。〔31〕

2. 有造境，有写境，此理想与写实二派之所由分。然二者颇难分别。因大诗人所造之境，必合乎自然，所写之境，亦必邻于理想故也。[2]〔32〕

3. 有有我之境，有无我之境。"泪眼问花花不语，乱红飞过秋千去"、"可堪孤馆闭春寒，杜鹃声里斜阳暮"，有我之境也。"采菊东篱下，悠然见南山"、"寒波澹澹起，白鸟悠悠下"、无我之境也。有我之境，以我观物，故物皆著我之色彩。无我之境，以物观物，故不知何者为我，何者为物。[3]古人为词，写

有我之境者为多，然未始不能写无我之境，此在豪杰之士能自树立耳。〔33〕

4. 无我之境，人惟于静中得之。有我之境，于由动之静时得之。故一优美，一宏壮也。④〔36〕

5. 自然中之物，互相关系，互相限制。⑤然其写之于文学及美术⑥中也，必遗其关系、限制之处。⑦故虽写实家，亦理想家也。又虽如何虚构之境，其材料必求之于自然，而其构造，亦必从自然之法则。故虽理想家，亦写实家也。〔37〕

6. 境非独谓景物也。喜怒哀乐，⑧亦人心中之一境界。故能写真境物、真感情者，谓之有境界；否则谓之无境界。〔35〕

7. "红杏枝头春意闹"，著一"闹"字，而境界全出。"云破月来花弄影"，著一"弄"字，而境界全出矣。〔46〕

8. 境界有大小，不以是而分优劣。⑨"细雨鱼儿出，微风燕子斜"，何遽不若"落日照大旗，马鸣风萧萧"。"宝帘闲挂小银钩"，何遽不若"雾失楼台，月迷津渡"也。〔48〕

9. 严沧浪《诗话》谓："盛唐诸公，唯在兴趣。羚羊挂角，无迹可求。故其妙处,透彻玲珑,不可凑拍。如空中之音、相中之色、水中之影、镜中之象,言有尽而意无穷。"余谓北宋以前之词,亦复如是。然沧浪所谓兴趣,阮亭所谓神韵,犹不过道其面目,不若鄙人拈出"境界"二字,为探其本也。〔78〕

10. 太白纯以气象胜。"西风残照,汉家陵阙",寥寥八字,遂关千古登临之口⑩。后世唯范文正之《渔家傲》,夏英公之《喜迁莺》,差足继武,然气象已不逮矣。〔3〕

11. 张皋文谓:飞卿之词,"深美闳约"。余谓:此四字唯冯正中足以当之。刘融斋谓:"飞卿精艳绝人",差近之耳。〔4〕

12. "画屏金鹧鸪",飞卿语也,其词品似之。"弦上黄莺语",端己语也,其词品亦似之。正中⑪词品,若欲于其词句中求之,则"和泪试严妆",殆近之欤?〔57〕

13. 南唐中主词:"菡萏香销翠叶残,西风愁起绿波间",大有众芳芜秽,美人迟暮之感。乃古今独赏其"细雨梦回鸡塞远,小楼吹彻玉笙寒"。故知解人正不易得。〔5〕

14. 温飞卿之词,句秀也。韦端己之词,骨秀也。李重光

之词,神秀也。〔102〕

15. 词至李后主而眼界始大,感慨遂深,遂变伶工之词而为士大夫之词。周介存置诸温、韦之下,可谓颠倒黑白矣。"自是人生长恨水长东","流水落花春去也,天上人间",《金荃》、《浣花》能有此气象耶?〔104〕

16. 词人者,不失其赤子之心者也。故生于深宫之中,长于妇人之手,是后主为人君所短处,亦即为词人所长处⑫。〔105〕

17. 客观之诗人,不可不多阅世⑬。阅世愈深,则材料愈丰富,愈变化,《水浒》《红楼梦》之作者是也。主观之诗人,不必多阅世。阅世愈浅,则性情愈真,李后主是也。〔106〕

18. 尼采谓:"一切文学,余爱以血书者。"后主之词,真所谓以血书者也。宋道君皇帝《燕山亭》词亦略似之。然道君不过自道身世之感,后主则俨有释迦、基督担荷人类罪恶之意,其大小固不同矣。〔107〕

19. 冯正中词虽不失五代风格而堂庑特大,开北宋一代风气⑭。与中、后二主词皆在《花间》范围之外,宜《花间集》中不

登其只字也。〔6〕

20. 正中词除《鹊踏枝》、《菩萨蛮》十数阕最煊赫外,如《醉花间》之"高树鹊衔巢,斜月明寒草",余谓:韦苏州之"流萤渡高阁"、孟襄阳之"疏雨滴梧桐",不能过也。〔18〕

21. 欧九《浣溪沙》词:"绿杨楼外出秋千。"晁补之谓:只一"出"字,便后人所不能道。余谓:此本于正中《上行杯》词"柳外秋千出画墙",但欧语尤工耳。〔19〕

22. 梅圣俞《苏幕遮》词:"落尽梨花春又了。满地残阳,翠色和烟老。"刘融斋谓:少游一生似专学此种。余谓:冯正中《玉楼春》词:"芳菲次第长相续,自是情多无处足。尊前百计得春归,莫为伤春眉黛促。"永叔一生似专学此种。〔52〕

23. 人知和靖《点绛唇》、圣俞《苏幕遮》、永叔《少年游》三阕为咏春草绝调。不知先有正中"细雨湿流光"五字,皆能摄⑮春草之魂者也。〔53〕

24.《诗·蒹葭》一篇,最得风人深致。晏同叔之"昨夜西风凋碧树。独上高楼,望尽天涯路"意颇近之。但一洒落,一悲壮耳。〔1〕

25. "我瞻四方，蹙蹙靡所骋"，诗人之忧生也。"昨夜西风凋碧树。独上高楼，望尽天涯路"似之。"终日驰车走，不见所问津"，诗人之忧世也。"百草千花寒食路。香车系在谁家树"似之。〔117〕

26. 古今之成大事业、大学问者，必经过三种之境界："昨夜西风凋碧树。独上高楼，望尽天涯路"，此第一境也。"衣带渐宽终不悔，为伊消得人憔悴"，此第二境也。"众里寻他千百度，回头蓦见，那人正在灯火阑珊处"，此第三境也。⑯此等语皆非大词人不能道。然遽以此意解释诸词，恐为晏、欧诸公所不许也。〔2〕

27. 永叔"人生自是有情痴，此恨不关风与月"、"直须看尽洛城花，始共春风容易别"，于豪放之中有沈着之致，所以尤高。〔115〕

28. 冯梦华《宋六十一家词选·序例》谓："淮海、小山，古之伤心人也。其淡语皆有味，浅语皆有致。"余谓：此唯淮海足以当之。小山矜贵有余，但⑰可方驾子野、方回，未足抗衡淮海也。〔40〕

29. 少游词境,最为凄婉。至"可堪孤馆闭春寒,杜鹃声里斜阳暮",则变而凄厉矣。东坡赏其后二语,犹为皮相。〔77〕

30. "风雨如晦,鸡鸣不已"、"山峻高以蔽日兮,下幽晦以多雨。霰雪纷其无垠兮,云霏霏而承宇"、"树树皆秋色,山山唯落晖"、"可堪孤馆闭春寒,杜鹃声里斜阳暮",气象皆相似。〔109〕

31. 昭明太子称,陶渊明诗"跌宕昭彰,独超众类。抑扬爽朗,莫之与京",王无功称,薛收赋"韵趣高奇,词义晦远。嵯峨萧瑟,真不可言",词中惜少此二种气象,前者惟东坡,后者惟白石,略得一二耳。〔61〕

32. 词之雅郑,在神不在貌。⑱永叔、少游虽作艳语,终有品格。方之美成,便有淑女⑲与倡伎之别。〔62〕

33. 美成词深远之致不及欧、秦,唯言情体物,穷极工巧,故不失为第一流之作者;但恨创调之才多,创意之才少耳。〔8〕

34. 词忌用⑳替代字。美成《解语花》之"桂华流瓦",境界极妙；惜以"桂华"二字代"月"耳。梦窗以下，则用代字更多。其所以然者，非意不足，则语不妙也。盖意足则不暇代，语妙则不必代。此少游之"小楼连苑"、"绣毂雕鞍"所以为东坡所讥也。〔9〕

35. 沈伯时《乐府指迷》云："说桃不可直说桃，须用'红雨'、'刘郎'等字，说柳不可直说破柳，须用'章台'、'灞岸'等字。"若惟恐人不用代字者。果以是为工，则古今类书具在，又安用词为耶？宜其为《提要》所讥也。〔16〕

36. 美成《苏幕遮》词："叶上初阳干宿雨。水面清圆，一一风荷举。"此真能得荷之神理者。觉白石《念奴娇》、《惜红衣》二词，犹有隔雾看花之恨。〔20〕

37. 东坡《水龙吟》咏杨花，和韵而似原唱。㉑章质夫词，原唱而似和韵。才之不可强也如是！〔27〕

38. 咏物之词，自以东坡《水龙吟》㉒为最工，邦卿《双双燕》次之。白石"暗香"、"疏影"格调虽高，㉓然无一语道著，视古人"江边一树垂垂发"㉔等句何如耶？〔74〕

39. 白石写景之作，如"二十四桥仍在，波心荡、冷月无

声"、"数峰清苦,商略黄昏雨"、"高树晚蝉,说西风消息",虽格
韵高绝,然如雾里看花,终隔一层。梅溪㉕、梦窗诸家写景之
病,皆在一"隔"字。北宋风流,渡江遂绝。抑真有运会㉖存乎
其间耶?〔75〕

40. 问"隔"与"不隔"之别,曰:陶、谢之诗不隔,延年则稍
隔矣。㉗东坡之诗不隔,山谷则稍隔矣。"池塘生春草"、"空梁
落燕泥"等二句,妙处唯在不隔。词亦如是。即以一人一词
论,如欧阳公《少年游》咏春草上半阕云:"阑干十二独凭春,晴
碧远连云。千里万里,二月三月,行色苦愁人",语语都在目
前,㉘便是不隔;至云"谢家池上,江淹浦畔",则隔矣。白石《翠
楼吟》:"此地。宜有词仙,拥素云黄鹤,与君游戏。玉梯凝望
久,叹芳草、萋萋千里",便是不隔;至"酒祓清愁,花消英气",
则隔矣。然南宋词虽不隔处,比之前人,自有浅深㉙厚薄之
别。㉚〔76〕

41. "生年不满百,常怀千岁忧。昼短苦夜长,何不秉烛
游"、"服食求神仙,多为药所误。不如饮美酒,被服纨与素",
写情如此,方为不隔。"采菊东篱下,悠然见南山。山气日夕

佳,飞鸟相与还"、"天似穹庐,笼盖四野。天苍苍,野茫茫,风吹草低见牛羊",^③写景如此,方为不隔。〔79〕

42. 古今词人格调之高,无如白石。惜不于意境上用力,故觉无言外之味,弦外之响,^③终不能与于第一流之作者也。〔22〕

43. 南宋词人,白石有格而无情,剑南有气而乏韵。其堪与北宋人颉颃者,唯一幼安耳。近人祖南宋而祧北宋,以南宋之词可学,北宋不可学也。学南宋者,不祖白石,则祖梦窗;以白石、梦窗可学,幼安不可学也。学幼安者,率祖其粗犷、滑稽;以其粗犷、滑稽处可学,佳处不可学也。^③幼安之佳处,在有性情,有境界。即以气象论,亦有"横素波、干青云"之概,宁后世龌龊小生所可拟耶?〔10〕

44. 东坡之词旷,稼轩之词豪。^③无二人之胸襟而学其词,犹东施之效捧心也。〔112〕

45. 读东坡、稼轩词,须观其雅量高致,有伯夷、柳下惠之风。白石虽似蝉蜕尘埃,^⑤然终不免局促辕下。〔97〕

46. 苏、辛词中之狂。白石犹不失为狷。若梦窗、梅溪、^③

玉田、草窗、西麓辈,面目不同,同归于乡愿而已。〔99〕

47. 稼轩《中秋饮酒达旦用天问体作木兰花慢以送月》曰:"可怜今夕月,向何处、去悠悠?是别有人间,那边才见,光景东头。"词人想象,直悟月轮绕地之理。与科学家密合,可谓神悟。㊲〔58〕

48. 周介存谓:"梅溪词中,喜用'偷'字,足以定其品格。"刘融斋谓:"周旨荡而史意贪。"此二语令人解颐。〔72〕

49. 介存谓:梦窗词之佳者,如"水光云影,摇荡绿波,抚玩无极,追寻已远"。余览《梦窗甲乙丙丁稿》中,实无足当此者;有之,其㊳"隔江人在雨声中,晚风菰叶生秋怨"二语乎?〔11〕

50. 梦窗之词,吾得取其词中之一语以评之,曰:"映梦窗,零乱碧。"玉田之词,亦得取其词中之一语以评之,曰:"玉老田荒。"〔13〕

51. "明月照积雪"、"大江流日夜"、"中天悬明月"、"长河落日圆",㊴此种境界,可谓千古壮观。㊵求之于词,唯纳兰容若塞上之作,如《长相思》之"夜深千帐灯",《如梦令》之"万帐穹

庐人醉,星影摇摇欲坠"差近之。〔44〕

52. 纳兰容若以自然之眼观物,以自然之舌言情。㊶此由初入中原,未染汉人风气,故能真切如此。北宋以来,一人而已。㊷〔122〕

53. 陆放翁跋《花间集》,谓:"唐季五代、诗愈卑,而倚声者辄简古可爱。能此不能彼,未可以理推也。"《提要》驳之,谓:"犹能举七十斤者,举百斤则蹶,举五十斤则运掉自如。"其言甚辨。然谓词必易于诗,㊸余未敢信。善乎陈卧子之言曰:"宋人不知诗而强作诗,故终宋之世无诗。然其欢愉愁怨㊹之致,动于中而不能抑者,类发于诗余,故其所造独工。"五代词之所以独胜,㊺亦由此也。〔93〕

54. 四言敝而有《楚辞》,《楚辞》敝而有五言,五言敝而有七言,古诗敝而有律绝,律绝敝而有词。盖文体㊻通行既久,染指遂多,自成习套。㊼豪杰之士,亦难于其中自出新意,故遁而作他体,以自解脱㊽。一切文体所以始盛终衰者,皆由于此。故谓文学后不如前,余未敢信。㊾但就一体论,则此说固无以易也。〔124〕

55. 诗之三百篇、十九首,词之五代、北宋,皆无题也。非无题也,诗词中之意,不能以题尽之也。自《花庵》《草堂》每调立题,并古人无题之词亦为之作题。如观一幅佳山水,而即曰此某山某河,可乎? 诗有题而诗亡,词有题而词亡。然中材之士,鲜能知此而自振拔者矣。^㊿〔39〕

56. 大家之作,其言情也必沁人心脾,其写景也必豁人耳目。其辞脱口而出,无矫揉装束之态。以其所见者真,所知者深也。诗词皆然。持此以衡古今之作者,可无大误矣。^㊶〔7〕

57. 人能于诗词中不为美刺、投赠^㊷之篇,不使隶事之句,不用粉饰之字,则于此道已过半矣。〔41〕

58. 以《长恨歌》之壮采,而所隶之事,只“小玉”“双成”四字,才有余也。梅村歌行,则非隶事不可。白、吴优劣,即于此见。不独作诗为然,填词家亦不可不知也。〔42〕

59. 近体诗体制,以五、七言绝句为最尊,律诗次之,排律最下。盖此体于寄兴言情,两无所当,殆有韵之骈体文耳。词中小令如绝句,长调似律诗,若长调之《百字令》《沁园春》等,则近于排律矣。^㊸〔54〕

60. 诗人对宇宙㊾人生,须入乎其内,又须出乎其外。入乎其内,故能写之。出乎其外,故能观之。入乎其内,故有生气。出乎其外,故有高致。美成能入而不出㊺。白石以降,于此二事皆未梦见。〔116〕

61. 诗人必有轻视外物之意,故能以奴仆命风月。㊻又必有重视外物之意,故能与花鸟共忧乐。〔119〕

62. "昔为倡家女,今为荡子妇。荡子行不归,空床难独守"、"何不策高足,先据要路津? 无为守穷贱,辘轲长苦辛",可谓淫鄙之尤。然无视为淫词、鄙词者,以其真也。五代、北宋之大词人亦然。非无淫词,读之者但觉其亲切㊼动人。非无鄙词,但觉其精力弥满。可知淫词与鄙词之病,非淫与鄙之病,而游词之病也。"岂不尔思,室是远而。"子曰:"未之思也,夫何远之有?"恶其游也。〔123〕

63. "枯藤老树昏鸦。小桥流水人家。古道西风瘦马。夕阳西下。断肠人在天涯。"此元人马东篱《天净沙》小令也。寥寥数语,深得唐人绝句妙境。有元一代词家,皆不能办此也。㊽

64. 白仁甫《秋夜梧桐雨》剧，沈雄悲壮，⑲为元曲冠冕，⑳然所作《天籁词》，粗浅之甚，不足为稼轩奴隶。岂创者易工，而因者难巧欤？抑人各有能有不能也？读者观欧、秦之诗远不如词，足透此中消息。〔81〕

① "自成高格，自有名句"，初稿为"不期工而自工"。

　　本则词话末尾〇内的数字，是用于标明手稿上排列的次序；下同。

② 原稿上，这则词话的大多数字旁边都加圈。

③ 原稿在"何者为物"下删去："此即主观诗与客观诗之所由分也。"

④ 原稿上，这则词话的每个字旁都加圈。

⑤ 原稿以下有："故不能有完全之美。"

⑥ 原稿无"及美术"三字。

⑦ 原稿以下删去："或遗其一部。"

⑧ "喜怒哀乐"四字，原稿上为"感情"。

⑨ "优劣"原稿为"高下"。

⑩ 原稿此句为"独有千古"。

⑪ 原稿此处为："'莫雨潇潇郎不归'，当是古词，未必即白傅所作。故白诗云：'吴娘夜雨潇潇曲，自别苏州更不闻'。"后删去。

⑫ 原稿下删："故后主之词，天真之词也。他人人工之词也。"

⑬ 原稿先作"不可不知世事"，后改为"不可不阅世"。

⑭ 原稿以下为："中、后二主皆未逮其精诣，《花间》于南唐人词中虽录张泌作而独不登正中只字，岂当时文采为功名所掩耶？"

⑮ "摄"字初稿为"得",后改成"写",最后改为"摄"。

⑯ "第一境"、"第二境"、"第三境"原稿为"第一境界"、"第二境界"、"第三境界"。

⑰ 原稿"但"字后为:"稍胜方回耳。古人以秦七、黄九或小晏、秦郎并称,不图老子乃与韩非同传。"

⑱ "在神不在貌",最初写成"在神理不在骨相",后改。

⑲ "淑女",原稿为"贵妇人"。

⑳ "忌用"原稿为"最忌用"。

㉑ 原稿初写为"首创"后改为"原唱"。

㉒ 原稿下有"咏杨花"三字。

㉓ 以下最初为:"而情味索然,乃古今均视为名作,不可解也。试读林君复、梅圣俞'春草'诸词何如耶?""情味索然"四字曾改为"境界极浅"。

㉔ 此句后,原稿为"'竹外一枝斜更好'、'疏影横斜水清浅'等词何如耶?"

㉕ "梅溪"下原有:"《绮罗香》'咏春雨'亦然,皆未得五代、北宋人自然之妙。"

㉖ "运会",原稿作"风会"。

㉗ "陶、谢",原稿为"渊明";"延年",原稿为"韦、柳"。

㉘ "都在目前",最初写为"可以直观"。

㉙ "浅深",原稿为"深浅"。

㉚ 原稿上端删去:"以一人之词论,如白石《咏蟋蟀》'露湿铜铺,苔侵石井,都是曾听伊'处便不隔。"

㉛ 此句初稿为:"此中有真意,欲辨已忘言。"

㉜ 原稿以下最初为:"终落第二手。其志清峻则有之,其旨遥深则未也。"

㉝ 原稿以下为:"同时白石、龙洲学幼安之作且如此,况他人乎? 其实幼安词之佳者,如《摸鱼儿》、《贺新郎·送茂嘉》、《青玉案·元夕》、《祝英台近》等,俊伟幽咽,固独有千古。其他豪放之处,亦有'横素波、千青

云'之概,宁梦窗辈龌龊小生所可语耶?"

㉞ 原稿此处以下删去:"白石之旷在文字而不在胸襟。"

㉟ 原稿此处以下删去:"然如韦、柳之视陶公,非徒有上下床之别。"

㊱ 原稿无"梅溪"。

㊲ 原稿以下为:"(此词汲古阁刻《六十家词》失载,黄荛圃所藏元大德本亦阙,后属顾涧苹就汲古阁抄本中补之,今归聊城杨氏海源阁,王半塘四印斋所刻者是也。但汲古抄本与刻本不符,殊不可解,或子晋于刻词后始得抄本耳。)"

㊳ 原稿"其"字后有"唯"字。

㊴ 原稿还有"澄江净如练"、"山气日夕佳"、"落日照大旗"、"大漠孤烟直"几句。

㊵ "壮观"原稿为"壮语"。

㊶ 原稿作:"以自然之笔写情。"

㊷ 原稿以下删:"后此如《冰蚕词》便无余味。"接着还有:"同时朱、陈、王、顾诸家便有文胜则史之弊。"

㊸ "词",原稿为"词格";"易于",原稿为"卑于"。

㊹ "愁怨",原稿为"愁苦"。

㊺ 原稿此句作"唐季五代之词独胜"。

㊻ "文体",原稿已改为"一体"。

㊼ "习套",原稿为"陈套"。

㊽ 原稿"遁而"前有"往往"两字。"自解脱",原稿为"发表其思想感情"。

㊾ 原稿此句作"故谓文学今不如古,余不敢信"。

㊿ 原稿以下为:"其可笑熟甚。"

(51) "可无大误矣",原稿为:"百不失一,此余所以不免有北宋后无词之叹也。"

(52) 原稿下面还有:"怀古、咏史。"

㊽ 原稿本条作:"诗中体制以五言古及五、七言绝句为最尊,七古次之,五、七律又次之,五言排律为最下。盖此体于寄兴言情均不相适,殆与骈体文等耳。词中小令如五言古及绝句,长调如五、七律,若长调之《沁园春》等阕,则近于五排矣。"

㊼ "宇宙",原稿上为"自然"。

㊺ "不出",原稿为"不能出"。

㊽ 此处最初为:"清风明月,役之如奴仆。"

㊼ "亲切",原稿先作"真挚",后又改为"沈挚"。

㊽ 现存手稿中未见本则词话。

㊾ 此处最初是"寄情壮采",后改为"奇思壮采",最后改为"沈雄悲壮"。

⑥ 初稿以下为:"然其词干枯质实,但有稼轩之貌,而神理索然。曲家不能为词,犹词家之不能为诗,读永叔、少游诗可悟。"本则词话末,作者发表时自署:"宣统庚戌九月脱稿于京师定武城南寓庐。"

卷　下

《人间词话》未刊手稿

1. 白石之词,余所最爱者,亦仅二语,曰:"淮南皓月冷千山,冥冥归去无人管。"〔12〕

2. 诗至唐中叶以后,殆为羔雁之具矣。故五代、北宋之诗,佳者绝少,而词则为其极盛时代。即诗词兼擅如永叔、少游者,亦词胜于诗远甚。以其写之于诗者,不若写之于词者之真也。至南宋以后,词亦为羔雁之具,而词亦替矣。此亦文学升降之一关键也。〔17〕

3. 曾纯甫中秋应制,作《壶中天慢》词。自注云:"是夜西兴亦闻天乐。"谓宫中乐声,闻于隔岸也。毛子晋谓:"天神亦不以人废言。"近冯梦华复辨其诬。不解"天乐"二字文义,殊

笑人也。〔21〕

4. 梅溪、梦窗、①玉田、草窗、西麓诸家,词虽不同,然同失之肤浅。虽时代使然,亦其才分有限也。近人弃周鼎而宝康瓠,实难索解。〔23〕

5. 余填词不喜作长调,尤不喜用人韵,偶而游戏,作《水龙吟》咏杨花,用质夫、东坡倡和韵,作《齐天乐》咏蟋蟀,用白石韵,皆有与晋代兴②之意。然余之所长殊③不在是,世之君子宁以他词称④我。〔24〕

6. 余友沈昕伯紘自巴黎寄余《蝶恋花》一阕云:"帘外东风随燕到。春色东来,循我来时道。一霎围场生绿草,归迟却怨春来早。 锦绣一城春水绕。庭院笙歌,行乐多年少。著意来开孤客抱,不知名字闲花鸟。"此词当在晏氏父子间,南宋人不能道也。〔25〕

7. 樊抗夫谓余词如《浣溪沙》之"天末同云",《蝶恋花》之"昨夜梦中"、"百尺朱楼"、"春到临春"等阕,凿空而道,开词家未有之境。余自谓:才不若古人,但于力争第一义处,古人亦不如我用意耳。〔26〕

8. 叔本华曰:"抒情诗,少年之作也。叙事诗及戏曲,壮年之作也。"余谓:抒情诗,国民幼稚时代之作。叙事诗,国民盛壮时代之作也。故曲则古不如今,(元曲诚多天籁,然其思想之陋劣,布置之粗笨,千篇一律,令人喷饭,至本朝之《桃花扇》《长生殿》诸传奇,则进矣。)词则今不如古。盖一则以布局为主,一则须仁兴而成故也。〔28〕

9. 北宋名家以方回为最次。其词如历下、新城之诗,非不华瞻,惜少真味。⑤〔29〕

10. 散文易学而难工,骈文难学而易工。近体诗易学而难工,古体诗难学而易工。小令易学而难工,长调难学而易工。〔30〕

11. 古诗云:"谁能思不歌,谁能饥不食?"诗词者,物之不得其平而鸣者也。故"欢愉之辞难工,愁苦之言易巧"。〔34〕

12. 社会上之习惯,杀许多之善人;文学上之习惯,杀许多之天才。〔38〕

13. 词之为体,要眇宜修,能言诗之所不能言,而不能尽言诗之所能言。诗之境阔,词之言长。〔43〕

14. 言气质,⑥言神韵,不如言境界。境界为本也;气质、格律、神韵,末也。有境界,而三者随之矣。〔45〕

15. "秋风吹渭水,落叶满长安",美成以之入词,白仁甫以之入曲,此借古人之境界为我之境界者也。然非自有境界,古人亦不为我用。〔47〕

16. 词家多以景寓情。其专作情语而绝妙者,如牛峤之"甘作一生拚,尽君今日欢"、顾琼之"换我心为你心,始知相忆深"、欧阳修之"衣带渐宽终不悔,为伊消得人憔悴"、美成之"许多烦恼,只为当时,一饷留情",此等词古今曾不多见。余《乙稿》中颇于此方面有开拓之功。〔51〕

17. 长调自以周、柳、苏、辛为最工。美成《浪淘沙慢》二词,精壮顿挫,已开北曲之先声。若屯田之《八声甘州》,玉局之《水调歌头》"中秋寄子由",则仚兴之作,格高千古,不能以常词论也。〔55〕

18. 稼轩《贺新郎》词"送茂嘉十二弟",章法绝妙,且语语有境界,此能品而几于神⑦者。然非有意为之,故后人不能学也。〔56〕

19. 稼轩《贺新郎》词："柳暗凌波路。送春归猛风暴雨，一番新绿。"又，《定风波》词："从此酒酣明月夜，耳热。""绿"、"热"二字，皆作上去用，与韩玉《东浦词·贺新郎》以"玉"、曲叶"注"、"女"，《卜算子》以"夜"、"谢"叶"食"、"月"，已开北曲四声通押之祖。〔59〕

20. 谭复堂《箧中词选》谓："蒋鹿潭《水云楼词》与成容若、项莲生，二百年间，分鼎三足。"然《水云楼词》小令颇有境界，长调惟存气格。《忆云词》⑧亦精实有余，超逸不足，皆不足与容若比。然视皋文、止庵辈，则倜乎远矣。〔60〕

21. 贺黄公裳《皱水轩词筌》云："张玉田《乐府指迷》其调叶宫商，铺张藻绘抑亦可矣，至于风流蕴藉之事，真属茫茫，如啖官厨饭者，不知牲宰之外别有甘鲜也。"此语解颐。⑨〔63〕

22. 周保绪济《词辨》云："玉田，近人所最尊奉，才情诣力，亦不后诸人，终觉积谷作米、把缆放船，无开阔手段。"又云："叔夏所以不及前人处，只在字句上著功夫，不肯换意。"近人喜学玉田，亦为修饰字句易，换意难。〔64〕

23. 词家时代之说，盛于国初。竹垞谓："词至北宋而大，至南宋而深。"后此词人，群奉其说。然其中亦非无具眼者。周保绪曰："南宋下不犯北宋拙率之病，高不到北宋浑涵之诣。"又曰："北宋词多就景叙情，故珠圆玉润，四照玲珑。至稼轩、白石，一变而为即事叙景，使深者反浅，曲者反直。"潘四农德舆曰："词滥觞于唐，畅于五代，而意格之闳深曲挚，则莫盛于北宋。词之有北宋，犹诗之有盛唐。至南宋则稍衰矣。"刘融斋熙载曰："北宋词用密亦疏、用隐亦亮、用沈亦快、用细亦阔、用精亦浑。南宋只是掉转过来。"可知此事自有公论。虽止庵词颇浅薄，⑩潘刘尤甚；然其推尊北宋，则与明季云间诸公，同一卓识⑪也。〔65〕

24. 唐五代、北宋之词，所谓"生香真色"。若云间诸公，则采花耳。湘真且然，况其次也者乎！〔66〕

25.《衍波词》之佳者，颇似贺方回。虽不及容若，要在锡鬯、其年之上。〔67〕

26. 近人词如复堂词之深婉，彊村词之隐秀，皆在吾家半塘翁上，彊村学梦窗而情味较梦窗反胜。盖有临川、庐陵之高华，而济以白石之疏越者。学人之词，斯为极则。⑫然古人自

然神妙处,尚未梦见。〔68〕

27. 宋直方《蝶恋花》"新样罗衣浑弃却,犹寻旧日春衫著"、谭复堂《蝶恋花》"连理枝头侬与汝,千花百草从渠许",可谓寄兴深微。〔69〕

28.《半唐丁稿》和冯正中《鹊踏枝》十阕,乃《鹜翁词》之最精者。"望远愁多休纵目"等阕,郁伊惝恍,令人不能为怀。《定稿》只存六阕,殊为未允。〔70〕

29. 固哉,皋文之为词也! 飞卿《菩萨蛮》、永叔《蝶恋花》、子瞻《卜算子》,皆兴到之作,有何命意? 皆被皋文深文罗织。阮亭《花草蒙拾》谓:"坡公命宫磨蝎,生前为王珪、舒亶辈所苦,身后又硬受此差排。"由今观之,受差排者,独一坡公已耶?〔71〕

30. 贺黄公谓:"姜论史词,不称其'软语商量',而称其'柳昏花暝',固知不免项羽学兵法之恨。"然"柳昏花暝",自是欧、秦辈以属。^⑬ 吾从白石,不能附和黄公矣。〔73〕

31. "池塘春草谢家春,万古千秋五字新。传语闭门陈正字,可怜无补费精神",此遗山《论诗绝句》也。梦窗^⑭、玉田辈,

当不乐闻此语。〔80〕

32. 朱子《清邃阁论诗》谓:"古人有句,今人诗更无句,只是一直说将去。这般一日作百首也得。"余谓北宋之词有句,南宋以后便无句。如玉田、草窗之词,所谓"一日作百首也得"者也。〔82〕

33. 朱子谓:"梅圣俞诗不是平淡,乃是枯槁。"余谓草窗、玉田之词亦然。〔83〕

34. "自怜诗酒瘦,难应接许多春色"、"能几番游,看花又是明年",此等语亦算警句耶? 乃值如许费力。〔84〕

35. 文文山词,风骨甚高,亦有境界,远在圣与、叔夏、公谨诸公⑮之上,亦如明初诚意伯词,非季迪、孟载诸人所敢望也。〔85〕

36. 宋《李希声诗话》曰:"古人作诗,正以风调高古为主。虽意远语疏,皆为佳作。后人有切近的当、气格凡下者,终使人可憎。"余谓北宋词亦不妨疏远。若梅溪以降,正所谓"切近的当、气格凡下"者也。〔87〕

37. 自竹垞痛贬《草堂诗余》而推《绝妙好词》,后人群附和之。不知《草堂》虽有亵诨之作,然佳词恒得十之六、七。《绝妙好词》则除张、范、辛、刘诸家外,十之八九,皆极无聊赖之词。甚矣,人之贵耳贱目者之多也!⑩〔90〕

38.《提要》载《古今词话》六卷,国朝沈雄纂。雄字偶僧,吴江人。是编所述上起于唐,下迄康熙中年。然维见明嘉靖前合口本《笺注草堂诗余》,林外《洞仙歌》下引《古今词话》云:"此词乃近时林外题于吴江垂虹亭。"(明刻《类编草堂诗余》亦同)案《升庵词品》云:林外字岂尘,有《洞仙歌》,书于垂虹亭畔,作道装,不告姓名,饮醉而去,人疑为吕洞宾。传入宫中,孝宗笑曰:"云崖洞天无锁,'锁'与'老'叶韵,则'锁'音扫,乃闽音也。"侦问之,果闽人林外也。《齐东野语》所载亦略同。则《古今词话》宋时固有此书,岂雄窃此书而复益以近代事欤?又《季沧苇书目》载《古今词话》十卷,而沈雄所纂只六卷,益证其非一书矣。〔92〕

39."君王枉把平陈业,换得雷塘数亩田",政治家之言也。"长陵亦是闲邱陇,异日谁知与仲多",诗人之言也。政治家之眼,域于一人一事。诗人之眼,则通古今而观之。词人观

物须用诗人之眼，不可用政治家之眼，故感事、怀古等作，当与寿词同为词家所禁也。〔94〕

40. 宋人小说，多不足信。如《雪舟脞语》谓，台州知府唐仲友眷官伎严蕊奴，朱晦庵系治之。及晦庵移去，提刑岳霖行部至台，蕊乞自便。岳问曰："去将安归？"蕊赋《卜算子》词云："住也如何住"云云。案此词系仲友戚高宣教作，使蕊歌以侑觞者，见朱子《纠唐仲友奏牍》。则《齐东野语》所纪朱、唐公案，恐亦未可信也。〔95〕

41. 唐五代之词，有句而无篇。南宋名家之词，有篇而无句。有篇有句，唯李后主降宋后之作，及永叔、子瞻、少游、美成、稼轩数人而已。〔96〕

42. 唐五代、北宋之词家，倡优也。南宋后之词家，俗子也。二者其失相等。然词人之词，宁失之倡优，不失之俗子。以俗子之可厌，较倡优为甚故也。〔97〕

43.《蝶恋花》"独倚危楼"一阕，见《六一词》，亦见《乐章集》。余谓：屯田轻薄子，只能道"奶奶兰心蕙性"耳。"衣带渐宽终不悔，为伊消得人憔悴"，此等语固非欧公不能道也。

〔100〕

44. 读《会真记》者,恶张生之薄倖而恕其奸非。读《水浒传》者,恕宋江之横暴而责其深险。此人人之所同也。故艳词可作,唯万不可作儇薄语。龚定庵诗云:"偶赋凌云偶倦飞。偶然间慕遂初衣。偶逢锦瑟佳人问,便说寻春为汝归。"其人之凉薄无行,跃然纸墨间。余辈读耆卿、伯可词,亦有此感。视永叔、希文小词何如耶?〔101〕

45. 词人之忠实,不独对人事宜然,即对一草一木,亦须有忠实之意,否则所谓游词也。〔102〕

46. 读《花间》、《尊前集》,令人回想徐陵《玉台新咏》。读《草堂诗余》,令人回想韦縠《才调集》。读朱竹垞《词综》、张皋文、董子远《词选》,令人回想沈德潜《三朝诗别裁集》。〔111〕

47. 明季国初诸老之论词,大似袁简斋之论诗,其失也,纤小而轻薄。竹垞以降之论词者,大似沈归愚,其失也,枯槁而庸陋。〔112〕

48. 东坡之旷在神,白石之旷在貌。白石如王衍口不言阿堵物,而暗中为营三窟之计,此其所以可鄙也。〔114〕

49. "纷吾既有此内美兮,又重之以修能。"文学之事,于此二者不可缺一。然词乃抒情之作,故尤重内美。无内美而但有修能,则白石耳。〔118〕

50. 诗人视一切外物,皆游戏之材料也。然其游戏,则以热心为之。故诙谐与严重二性质,亦不可缺一也。〔120〕

附 一

自编《人间词话》选

余于七、八年前,偶书词话数十则。今检旧稿,颇有可采者,摘采如下。

1. 词以境界为最上。有境界则自成高格,自有名句。五代、北宋之词所以独绝者在此。

2. 言气格,言神韵,不如言境界。境界,本也;气格、神韵,末也。境界具,而二者随之矣。

3. 有造境,有写境,此理想与写实二派之所由分。然二者颇难区别。因大诗人所造之境,必合乎自然,所写之境,必邻于理想故也。

4. 境非独谓景物也。情感亦人心中之一境界。故能写真景物、真感情者。谓之有境界,否则谓之无境界。

5. "红杏枝头春意闹",著一"闹"字,而境界全出。"云破月来花弄影",著一"弄"字,而境界全出矣。

6. 境界有大小,然不以是而分优劣。"细雨鱼儿出,微风燕子斜",何遽不若"落日照大旗,马鸣风萧萧"。"宝帘闲挂小银钩",何遽不若"雾失楼台,月迷津渡"也。

7. 《诗·蒹葭》一篇,最得风人深致。晏同叔之"昨夜西风凋碧树。独上高楼,望尽天涯路",意颇近之。但一洒落,一悲壮耳。

8. "我瞻四方,蹙蹙靡所骋",诗人之忧生也。"昨夜西风凋碧树。独上高楼,望尽天涯路"似之。"终日驰车走,不见所问津",诗人之忧世也。"百草千花寒食路,香车系在谁家树"似之。

9. 成就一切事,罔不历三种境界。"昨夜西风凋碧树。独上高楼,望尽天涯路",此第一境也。"衣带渐宽终不悔,为伊消得人憔悴",此第二境也。"众里寻他千百度,回头蓦见那人正在，灯火阑珊处”，此第三境也。此等语均非大词人不能道。然遽以此意解诸词，恐为晏、欧诸公所不许也。

10. 太白词纯以气象胜。“西风残照，汉家陵阙”，寥寥八字，遂关千古登临之口。后世唯范文正之《渔家傲》，夏英公之《喜迁莺》，差堪继武，然气象已不逮矣。

11. 温飞卿之词，句秀也。韦端己之词，骨秀也。李后主之词，神秀也。词至李后主而境界始大，感慨遂深，遂变伶工之词而为士大夫之词。宋初晏、欧诸公，皆自此出，而花间一派微矣。

12. 冯正中词除《鹊踏枝》、《菩萨蛮》数十阕最煊赫外，如《醉花间》之“高树鹊衔巢，斜月明寒草”，虽韦苏州之“流萤渡高阁”、孟襄阳之“疏雨滴梧桐”，不能过也。

13. “画屏金鹧鸪”，飞卿语也，其词品似之。“弦上黄莺语”，端己语也，其词品亦似之。若正中词品欲于其词求之，则“和泪试严妆”殆近之欤？

14. 欧阳公《浣溪沙》词“绿杨楼外出秋千”，晁补之谓：只一“出”字，便后人所不能道。余谓：此本于正中《上行杯》词

"柳外秋千出画墙",但欧语尤工耳。

15. 少游词境,最为凄婉。至"可堪孤馆闭春寒,杜鹃声里斜阳暮",则变而凄厉矣。东坡赏其后二语,犹为皮相。

16. 东坡之词旷,稼轩之词豪,无二人之胸襟而学其词,犹东施之效捧心也。

17. 读东坡、稼轩词,须观其雅量高致,有伯夷、柳下惠之风。白石虽似蝉蜕尘埃,终不免局促辕下。

18. 昭明太子称,陶渊明诗"跌宕昭彰,独超众类。抑扬爽朗,莫之与京",王无功称,薛收赋"韵趣高奇,词义晦远。嵯峨萧瑟,真不可言",词中惜少此二种气象;前者坡词近之,后者唯白石略得一二耳。

19. 白石写景之作,如"二十四桥仍在,波心荡、冷月无声"、"数峰清苦,商略黄昏雨"、"高树晚蝉,说西风消息",虽格韵高绝,然如雾里看花,终隔一层。梅溪、梦窗诸家写景之作,其病皆在一"隔"字。北宋风流,过江遂绝,抑真有风会存乎其间耶?

20. 东坡、稼轩词中之狂,白石词中之狷,若梅溪、梦窗、草窗、玉田、西麓、竹山之词,则乡愿而已。

21. 问"隔"与"不隔"之别,曰:"生年不满百,常怀千岁忧。昼短苦夜长,何不秉烛游"、"服食求神仙,多为药所误。不如饮美酒,被服纨与素",写情如此,方为不隔。"采菊东篱下,悠然见南山。山气日夕佳,飞鸟相与还"、"天似穹庐,笼盖四野。天苍苍,野茫茫,风吹草低见牛羊",写景如此,方为不隔。词亦如之。如欧阳公《少年游》咏春草云"阑干十二独凭春,晴碧远连云。千里万里,三月二月,行色苦愁人",语语皆在目前,便是不隔;至换头云"谢家池上,江淹浦畔,吟魄与离魂",使用故事,便不如前半精彩。然欧词前既实写,故至此不能不拓开;若通体如此,则成笑柄。南宋人词,则不免通体皆是"谢家池上"矣。

22. 国朝人词。余最爱宋直方《蝶恋花》"新样罗衣浑弃却,犹寻旧日春衫著",及谭复堂之"连理枝头侬与汝,千花百草从渠许"。以为最得风人之旨。

23. 近人词如复堂之深婉,彊村之隐秀,当在吾家半塘翁上。彊村学梦窗,而情味较梦窗反胜。盖有临川、庐陵之高华,而济以白石之疏越者。学人之词,斯为极则。然于古人自然神妙处,尚未梦见。半唐《丁稿》和冯正中《鹊踏枝》十阕,乃《鹜翁词》之最精者。"望远愁多休纵目"等阕,郁伊惝恍,令人不能为怀。《定稿》只存六阕,殊为未允。

附 二

《人间词话》删稿

1. 双声、叠韵之论,盛于六朝,唐人犹多用之。至宋以后,则渐不讲,并不知二者为何物。乾嘉间,吾乡周松蔼先生春著《杜诗双声叠韵谱括略》,正千余年之误,可谓有功文苑者矣。其言曰:"两字同母,谓之双声;两字同韵,谓之叠韵。"余按:用今日各国文法通用之语表之,则两字同一子音者,谓之双声。(如《南史·羊元保传》之"官家恨狭,更广八分",官、家、更、广四字,皆从 K 得声。《洛阳伽蓝记》之"狞奴慢骂",狞、奴二字,皆从 N 得声,慢、骂二字,皆从 M 得声是也)。两字同一母音者,谓之叠韵。(如梁武帝之"后牖有朽柳",后、牖、有三字,双声而兼叠韵,有、朽、柳三字,其母音皆为 ou。刘孝绰之"梁皇长康强",梁、长、强三字,其母音皆为 ang 也。)自李淑《诗苑》伪造沈约之说,以双声、叠韵为诗中八病之二,后世诗家多废而不讲,亦不复用之于词。余谓:苟于词之荡漾处多用叠韵,促节处用双声,则其铿锵可诵,必有过于前人者。惜世之[17]专讲音律者,尚未悟此者。〔14〕

2. 昔人但知双声之不拘四声,不知叠韵亦不拘平、上、去三声。凡字之同母音者,虽平仄有殊,皆叠韵也。〔15〕

3. 诗词之题目,本为自然及人生。自古人误以为美刺、投赠、咏史、怀古之用,题目既误,诗亦自不能佳。后人才不及古人,见古名大家亦有此等作,遂遗其独到之处而专学此种,不复知诗之本意。于是豪杰之士出,不得不变其体格,如楚辞、汉之五言诗,唐五代、北宋之词皆是也。故此等文学皆无题。[18]〔39〕

4. 昔人论诗词,有景语、情语之别。不知一切景语,皆情语也。〔49〕

5. "岂不尔思,室是远而。"孔子讥之。故知孔门而用词,则"甘作一生拚,尽君今日欢"等作必不在见删之数。〔50〕

6. 和凝《长命女》词:"天欲晓。宫漏穿花声缭绕,窗里星光少。　　冷霞寒侵帐额,残月光沈树杪。梦断锦闱空悄悄,强起愁眉小。"此词前半,不减夏英公《喜迁莺》也。此词见《乐府雅词》,《历代诗余》选之。〔86〕

7.《提要》:王明清《挥麈录》载,曾布所作《冯燕歌》,已成套数,与词律殊途。毛西河《词话》谓:赵德麟令畤作《商调鼓子词》谱《西厢传奇》,为杂剧之祖。然《乐府雅词》卷首所载秦少游、晁补之、郑彦能(名仅)《调笑转踏》,首有致语,末有放队,每调之前有口号诗,甚似曲本体例。无名氏《九张机》亦然。至董颖《道宫薄媚》大曲咏西子事,凡十只曲,皆平仄通押,则竟是套曲。此可与《弦索西厢》同为曲家之荜路。曹氏置诸《雅词》卷首,所以别之于词也。颖字仲达,绍兴初人,从汪彦章、徐师川游,彦章为作《字说》,见《书录解题》。〔88〕

8. 宋人遇令节、朝贺、宴会、落成等事,有致语一种,亦谓之参语,亦谓之念语。宋子京、欧阳永叔、苏子瞻、陈后山、文宋瑞集中皆有之。《啸余谱》列之于词曲之间。其式先教坊致语(四六文),次口号(诗),次句合曲(四六文),次句小儿队(四

六文），次队名（诗二句），次问小儿，次小儿致语，次句杂剧（皆
四六文），次放队（或诗或四六文）。若有女弟子队，则句女弟
子队如前。其所歌之词曲与所演之剧，则自伶人定之。少游、
补之之《调笑》乃并为之作词。元人杂剧乃以曲代之。曲中楔
子、科白、上下场诗，犹是致语、口号、句队、放队之遗。此故程
明善《啸余谱》所以列致语于词曲之间者也。〔89〕

9. 明顾梧芳刻《尊前集》二卷，自为之引。并云："明嘉禾
顾梧芳编次。"毛子晋刻《词苑英华》，疑为梧芳所辑。朱竹垞
跋称：吴下得吴宽手钞本，取顾本勘之，靡有不同，因定为宋初
人编辑。《提要》两存其说。案《古今词话》云："赵崇祚《花间
集》载温飞卿《菩萨蛮》甚多，合之吕鹏《尊前集》，不下二十
阕。"今考顾刻所载飞卿《菩萨蛮》五首，除"咏泪"一首外，皆
《花间》所有，知顾刻虽非自编，亦非复吕鹏所编之旧矣。《提
要》又云："张炎《乐府指迷》虽云唐人有《尊前》、《花间集》，然
《乐府指迷》真出张炎与否，盖未可定。陈振孙《书录解题》'歌
词类'以《花间集》为首，注曰：'此近世倚声填词之祖。'而无
《尊前集》之名。不应张炎见之而陈振孙不见。"然《书录解

题·阳春录》条下引高邮崔公度语曰:"《尊前》、《花间》往往谬其姓氏。"公度元祐间人,《宋史》有传。则北宋固有此书,不过直斋未见耳。　　又案:黄昇《花庵词选》李白《清平乐》下注云:"翰林应制。"又云:"案唐吕鹏《遏云集》载应制词四首,以后二首无清逸气韵,疑非太白所作云。"非云今《尊前集》所载太白《清平乐》有五首。岂《尊前集》一名《遏云集》,而四首、五首之不同,乃花庵所见之本略异欤? 又欧阳炯《花间集序》谓:"明皇朝有李太白应制《清平乐》四首。"则唐宋时只有四首,岂末一首为梧芳所羼入,非吕鹏之旧欤?〔91〕

10.《楚辞》之体,非屈子之所创也。《沧浪》、《凤兮》之歌,已与三百篇异,然至屈子而最工。五、七律始于齐梁而盛于唐,词源于唐而大成于北宋。故最工之文学,非徒善创,亦且善因。〔108〕

11.《沧浪》、《凤兮》二歌,已开《楚辞》体格。然《楚辞》之最工者,推屈原、宋玉,而后此王褒、刘向之词不与焉。五古之最工者,实推阮嗣宗、左太冲、郭景纯、陶渊明,而前此曹、刘,后此陈子昂、李太白不与焉。词之最工者,实推后主、正中、永

叔、少游、美成,而前此温、韦,后此姜、吴,皆不与焉。〔110〕

12. 金朗甫作《词选后序》,分词为淫词、鄙词、游词三种,词之弊尽是矣。五代、北宋之词,其失也淫;辛、刘之词,其失也鄙;姜、张之词,其失也游。〔121〕

附 三

《人间词话》原稿卷首的题诗

戏效季英作口号诗

舟过瞿塘东复东,竹枝声里杜鹃红。

白云低渡沧江去,巫峡冥冥十二峰。

朱楼高出五云间,落日凭阑翠袖寒。

寄语塞鸿休北度,明朝飞雪满关山。

夜深微雨洒帘栊,惆怅西园满地红。

秾李夭桃元自落,人间未免怨东风。

双阙凌霄不可攀，明河流向阙中间。

银灯一队经驰道，道是君王夜宴还。

雨后山泉百道飞，冥冥江树子规啼。

蜀山此去无多路，要为催人不得归。

十年肠断寄征衣，雪满天山未解围。

却听邻娃谈故事，封侯夫婿黑头归。

---

① 此处原稿删去"中仙"。

② 原稿先作"与晋楚争霸"，后改为"与晋代兴"。

③ 原为"则"字，后改为"殊"字。

④ 原为"美"字，后改为"称"字。

⑤ 原稿以下删："至宋末诸家，仅可譬之腐烂制艺，乃诸家之享重名者且
　数百年。始知世之幸人，不独曹蜍、李志也。"

⑥ 原稿此处删"言格律"三字。

⑦ 原稿初写成："中之最上"，后改为"而几于神"。

⑧ 以下删："虽谐婉有余，终鲜独到之处。"

⑨ 原稿已删去"此语解颐"。

⑩ 原稿此处删去"殊少佳趣"。

⑪ 原稿此处删去"不可废"。

⑫ 以下删去:"境界稍深,便当独步本朝矣。"

⑬ 原稿上。这句最初为"一句境界自以后句为胜",后改为"前句画工之笔,后句化工之笔",最后改成现在的文字。

⑭ "梦窗"前删去"美成、白石"。

⑮ "圣与,叔夏、公谨诸公",初稿为"宋末诸公",后改。

⑯ 原稿先作"古人云:'小好小惭,大好大惭',洵非虚语",后改为"人之贵耳贱目者之多也",最后删去"者之多"三字。

⑰ "世之"最初为"白石、玉田诸家"。本则词话末尾〔 〕内的数字,是用于标明手稿上排列的次序;下同。

⑱ 本则删稿原是从第55则词话中删去的。

整理后记

王国维的《人间词话》连载于 1908 年 10 月至 1909 年 1 月的《国粹学报》。在他逝世之后，又有人从他的手稿中辑录并整理了一部分材料，予以发表。历来编印的《人间词话》，就是以这些内容为主。我们这次重新整理，首先是突出王国维生前发表过的《人间词话》，并且根据手稿，说明了作者的修改情况。《人间词话》的手稿中，有一部分是作者删掉的，我们标出"删稿"，列为附录，另有一部分是作者生前没有发表过的，我们标出"未刊稿"。这些都按原手稿上的先后次序编排。（请参看《王国维〈人间词话〉的手稿》，《读书》1980 年 7 月）。把《人间词话》手稿中的材料集中起来，全部予以发表，这是第一次。要确定《人间词话》的本文，无论按现代的学术规范，还是我国历来的传统，当然要以作者王国维自己发表的内容为准。《〈人间词话〉选》是从《二牖轩随录》中摘采的。这篇文章连载于《盛京时报》。凡是王国维生前已经发表过的材料，整理时都以此为据；遇到手稿与这些材料不符合处，另加附注，予以说明。凡是其他人在王国维逝世后整理的材料，遇到选自此手稿者都以手稿为根据加以校阅。这份手稿的全部照片，已发表于《王国维评传》，江西百花洲出版社 1986 年版。在整理过程中，我们参考了历来的注本，很受教益。我们热诚欢迎批评指正。

1998 年春，于北京图书馆

附录 |

《人间词话》所引诗词

卷　上

3① ［宋］欧阳修　**蝶恋花**

庭院深深深几许？杨柳堆烟，帘幕无重数。玉勒雕鞍游冶处，楼高不见章台路。　　雨横风狂三月暮。门掩黄昏，无计留春住。泪眼问花花不语，乱红飞过秋千去。

［宋］秦观　**踏莎行**

雾失楼台，月迷津渡。桃源望断无寻处。可堪孤馆闭春寒，杜鹃声里斜阳暮。　　驿寄梅花，鱼传尺素。砌成此恨无重数。郴江幸自绕郴山，为谁流下潇湘去？

[晋] 陶渊明　**饮酒**

　　结庐在人境，而无车马喧。问君何能尔，心远地自偏。采菊东篱下，悠然见南山。山气日夕佳，飞鸟相与还。此还有真意，欲辨已忘言。

[金]　元好问　**颖亭留别**

　　故人重分携，临流驻归驾。乾坤展清眺，万景若相借。北风三日雪，太素秉元化。九山郁峥嵘，了不受陵跨。寒波淡淡起，白鸟悠悠下。怀归人自急，物态本闲暇。壶觞负吟啸，尘土足悲咤。回首亭中人，平林淡如画。

7　[宋] 宋祁　**玉楼春**

　　东城渐觉风光好，縠皱波纹迎客棹。绿杨烟外晓寒轻，红杏枝头春意闹。　　浮生长恨欢娱少，肯爱千金轻一笑。为君持酒劝斜阳，且向花间留晚照。

〔宋〕张先　天仙子

《水调》数声持酒听,午醉醒来愁未醒。送春春去几时回?临晚镜,伤流景,往事后期空记省。　　沙上并禽池上暝,云破月来花弄影。重重翠幕密遮灯,风不定,人初静,明日落红应满径。

8　〔唐〕杜甫　水槛遣心

去郭轩楹敞,无村眺望赊。澄江平少岸,幽树晚多花。细雨鱼儿出,微风燕子斜。城中十万户,此地两三家。

〔唐〕　杜甫　后出塞

朝进东门营,暮上河阳桥。落日照大旗,马鸣风萧萧。平沙列万幕,部伍各见招。中天悬明月,令严夜寂寥。悲笳数声动,壮士惨不骄。借问大将谁?恐是霍嫖姚。

〔宋〕秦观　浣溪沙

漠漠轻寒上小楼,晓莺无赖似穷秋,淡烟流水画屏幽。

自在飞花轻似梦，无边丝雨细如愁，宝帘闲挂小银钩。

10 ［唐］李白 **忆秦娥**

箫声咽，秦娥梦断秦楼月。秦楼月，年年柳色，灞陵伤别。　　乐游原上清秋节，咸阳古道音尘绝。音尘绝，西风残照，汉家陵阙。

［宋］范仲淹 **渔家傲**

塞上秋来风景异，衡阳雁去无留意。四面边声连角起，千嶂里，长烟落日孤城闭。　　浊酒一杯家万里，燕然未勒归无计。羌管悠悠霜满地，人不寐，将军白发征夫泪。

［宋］夏竦 **喜迁莺**

霞散绮，月如钩，帘卷未央楼。夜凉银汉截天流，宫阙锁清秋。　　瑶台树，金茎露，凤髓香盘烟雾。三千珠翠拥宸游，水殿按《凉州》。

12 ［唐］温庭筠　更漏子

柳丝长,春雨细,花外漏声迢递。惊塞雁,起城乌,画屏金鹧鸪。　　香雾薄,透帘幕,惆怅谢家池阁。红烛背,绣帘垂,梦长君不知。

［五代前蜀］韦庄　菩萨蛮

红楼别夜堪惆怅,香灯半卷流苏帐,残月出门时,美人和泪辞。　　琵琶金翠羽,弦上黄莺语,劝我早归家,绿窗人似花。

［五代南唐］冯延巳　菩萨蛮

娇鬟堆枕钗横凤,溶溶春水杨花梦。红烛泪阑干,翠屏烟浪寒。　　锦壶催画箭,玉佩天涯远。和泪试严妆,落梅飞晓霜。

13 ［五代南唐］李璟　山花子

菡萏香销翠叶残,西风愁起绿波间。还与韶光共憔悴,不堪看。　　细雨梦回鸡塞远,小楼吹彻玉笙寒,多少泪珠无限恨,倚阑干。

15　［南唐］李煜　相见欢

林花谢了春红,太匆匆。无奈朝来寒雨晚来风。　　胭脂泪,相留醉,几时重? 自是人生长恨水长东。

［南唐］李煜　浪淘沙

帘外雨潺潺,春意阑珊,罗衾不耐五更寒。梦里不知身是客,一晌贪欢。　　独自莫凭阑,无限江山,别时容易见时难。流水落花春去也,天上人间。

18　［宋］赵佶　燕山亭

裁翦冰绡,轻叠数重,冷淡胭脂匀注。新样靓妆,艳溢香融,羞杀蕊珠宫女。易得雕零,更多少无情风雨。愁苦。闲院落凄凉,几番春暮。　　凭寄离恨重重,这双燕,何曾会人言语。天遥地远,万水千山,知他故宫何处。怎不思量,除梦里有时曾去。无据。和梦也有时不做。

20 〔南唐〕冯延巳　醉花间

晴雪小园春未到,池边梅自早。高树鹊衔巢,斜月明寒草。　山川风景好,自古金陵道。少年看却老。相逢莫厌醉金杯,别离多,欢会少。

〔唐〕韦应物　寺居独夜寄崔主簿

幽人寂不寐,木叶纷纷落。寒雨暗深更,流萤度高阁。坐使青灯晓,还伤夏衣薄。宁知岁方晏,离居更萧索。

〔唐〕孟浩然

间游秘省,秋月新霁,诸英华赋诗作会。浩然句云:“微云淡河汉,疏雨滴梧桐。”举坐嗟其清绝,咸阁笔不复为继。(王士源《孟浩然集序》)

21 〔宋〕欧阳修 浣溪沙

堤上游人逐画船,拍堤春水四垂天,绿杨楼外出秋千。 白发戴花君莫笑,《六幺》催拍盏频传,人生何处似尊前。

〔南唐〕冯延巳 上行杯

落梅著雨消残粉,云重烟轻寒食近。罗幕遮香,柳外秋千出画墙。 春山颠倒钗横凤,飞絮入帘春睡重。梦里佳期,只许庭花与月知。

22 〔宋〕梅尧臣 苏幕遮

露堤平,烟墅杳。乱碧萋萋,雨后江天晓。独有庾郎年最少。窣地春袍,嫩色宜相照。 接长亭,迷远道。堪怨王孙,不记归期早。落尽梨花春又了。满地残阳,翠色和烟老。

〔南唐〕冯延巳 玉楼春

雪云乍变春云簇,渐觉年华堪纵目。北枝梅蕊犯寒开,南浦波纹如酒绿。 芳菲次弟长相续,自是情多无处足。尊前百计得春归,莫为伤春眉黛促。

23 [宋]林逋 点绛唇

金谷年年,乱生春色谁为主。余花落处,满地和烟雨。

又是离歌,一阕长亭暮。王孙去,萋萋无数。南北东西路。

[宋]梅尧臣 少年游

阑干十二独凭春,晴碧远连云。千里万里,二月三月,行色苦愁人。 谢家池上,江淹浦畔,吟魂与离魂。那堪疏雨滴黄昏,更特地、忆王孙。

[南唐]冯延巳 南乡子

细雨湿流光,芳草年年与恨长。烟锁凤楼无限事,茫茫。鸾镜鸳衾两断肠。 魂梦任悠扬,睡起杨花满绣床。薄幸不来门半掩,斜阳。负你残春泪几行。

24　诗经·秦风·蒹葭

蒹葭苍苍,白露为霜。所谓伊人,在水一方。溯洄从之,道阻且长。溯游从之,宛在水中央。　　蒹葭萋萋,白露未晞。所谓伊人,在水之湄。溯洄从之,道阻且跻。溯游从之,宛在水中坻。

蒹葭采采,白露未已。所谓伊人,在水之涘。溯洄从之,道阻且右。溯游从之,宛在水中沚。

［宋］晏殊　鹊踏枝

槛菊愁烟兰泣露。罗幕轻寒,燕子双飞去。明月不谙离恨苦。斜光到晓穿朱户。　　昨夜西风凋碧树。独上高楼,望尽天涯路。欲寄彩笺兼尺素。天长水阔知何处。

25　［晋］陶渊明　饮酒

羲农去我久,举世少复真。汲汲鲁中叟,弥缝使其淳。凤鸟虽不至,礼乐暂得新。洙泗辍微响,漂流逮狂秦。诗书复何罪,一朝成灰尘。区区诸老翁,为事诚殷勤。如何绝世下,六籍无一亲！终日驰车走，不见所问津。若复不快饮，空负头上巾。但恨多谬误，君当恕醉人。

26 〔宋〕柳永　凤栖梧

伫立危楼风细细，望极春愁，黯黯生天际。草色烟光残照里，无言谁会凭栏意。　　拟把疏狂图一醉，对酒当歌，强乐还无味。衣带渐宽终不悔，为伊消得人憔悴。

〔宋〕辛弃疾　青玉案

东风夜放花千树，更吹落，星如雨。宝马雕车香满路，凤箫声动，玉壶光转，一夜鱼龙舞。　　蛾儿雪柳黄金缕，笑语盈盈暗香去。众里寻他千百度，蓦然回首，那人却在、灯火阑珊处。

27 〔宋〕欧阳修　玉楼春

尊前拟把归期说，未语春容先惨咽。人生自是有情痴，此恨不关风与月。　　离歌且莫翻新阕，一曲能教肠寸结。直须看尽洛城花,始共东风容易别。

30　诗经·郑风·风雨

风雨凄凄,鸡鸣喈喈。既见君子,云胡不夷。　　风雨潇潇,鸡鸣胶胶。既见君子,云胡不瘳。　　风雨如晦,鸡鸣不已。既见君子,云胡不喜。

［楚］屈原　九章·涉江(节选)

入溆浦余僮徊兮,迷不知吾所如;深林杳以冥冥兮,乃猿狖之所居。山峻高以蔽日兮,下幽晦以多雨;霰雪纷其无垠兮,云霏霏而承宇。哀吾生之无乐兮,幽独处乎山中;吾不能变心而从俗兮,固将愁苦而终穷。

［唐］王绩　野望

东皋薄暮望,徙倚欲何依。树树皆秋色,山山唯落晖。牧人驱犊返,猎马带禽归。相顾无相识,长歌怀采薇。

34 [宋]周邦彦 解语花

风销焰蜡,露浥烘炉,花市光相射。桂华流瓦。纤云散,耿耿素娥欲下。衣裳淡雅。看楚女、纤腰一把。箫鼓喧、人影参差,满路飘香麝。　　因念都城放夜。望千门如昼,嬉笑游冶。钿车罗帕。相逢处,自有暗尘随马。年光是也。唯只见、旧情衰谢。清漏移,飞盖归来,从舞休歌罢。

[宋]秦观 水龙吟

小楼连远横空,下窥绣毂雕鞍骤。朱帘半卷,单衣初试,清明时候。破暖轻风,弄晴微雨,欲无还有。卖花声过尽,斜阳院落,红成阵、飞鸳甃。　　玉佩丁东别后,怅佳期、参差难又。名缰利锁,天还知道,和天也瘦。花下重门,柳边深巷,不堪回首。念多情,但有当时皓月,向人依旧。

36 [宋]周邦彦 苏幕遮

燎沉香,消溽暑。鸟雀呼晴,侵晓窥檐语。叶上初阳乾宿雨。水面清圆,一一风荷举。　　故乡遥,何日去。家住吴门，久作长安旅。五月渔郎相忆否。小楫轻舟，梦入芙蓉浦。

［宋］姜夔　念奴娇

闹红一舸，记来时尝与鸳鸯为侣。三十六陂人未到，水佩风裳无数。翠叶吹凉，玉容销酒，更洒菰蒲雨。嫣然摇动，冷香飞上诗句。　日暮青盖亭亭，情人不见，争忍凌波去。只恐舞衣寒易落，愁入西风南浦。高柳垂阴，老鱼吹浪，留我花间住。田田多少，几回沙际归路。

37　［宋］苏轼　水龙吟

似花还似非花，也无人惜从教坠。抛家傍路，思量却是，无情有思。萦损柔肠，困酣娇眼，欲开还闭。梦随风万里，寻郎去处。又还被莺呼起。　不恨此花飞尽，恨西园落红难缀。晓来雨过，遗踪何在？一池萍碎。春色三分，二分尘土，一分流水。细看来，不是杨花点点，是离人泪。

[宋]章楶　水龙吟

燕忙莺懒花残,正堤上柳花飘坠,轻飞乱舞,点画菁林,全无才思。闲趁游丝,静临深院,日长门闭。傍珠帘散漫,垂垂欲下,依前被风扶起。　　兰帐玉人睡觉,怪春衣雪沾琼缀。绣床渐满,香球无数,才圆却碎。时见蜂儿,仰粘轻粉,鱼吞池水。望章台路杳,金鞍游荡,有盈盈泪。

38　[宋]史邦卿　双双燕

过春社了,度帘幕中间,去年尘冷。差池欲往,试入旧巢相并。还相雕梁藻井。又软语商量不定。飘然快拂花梢,翠尾分开红影。　　芳径。芹泥雨润。爱贴地争飞,竞夸轻俊。红楼归晚,看足柳昏花暝。应自栖香正稳。便忘了、天涯芳信。愁损翠黛双娥,日日画阑独凭。

[宋]姜夔　暗香

旧时月色,算几番照我,梅边吹笛。唤起玉人,不管清寒与攀摘。何逊而今渐老,都忘却、春风词笔。但怪得竹外疏花,香冷入瑶席。 江国。正寂寂。叹寄与路遥,夜雪初积。翠尊易泣。红萼无言耿相忆。长记曾携手处,千树压西湖寒碧。又片片、吹尽也,几时见得。

[宋]姜夔 疏影

苔枝缀玉,有翠禽小小,枝上同宿。客里相逢,篱角黄昏,无言自倚修竹。昭君不惯胡沙远,但暗忆、江南江北。想佩环月夜归来,化作此花幽独。 犹记深宫旧事,那人正睡里,飞近蛾绿。莫似春风,不管盈盈,早与安排金屋。还教一片随波去,又却怨玉龙哀曲。等恁时、再觅幽香,已入小窗横幅。

[唐]杜甫 和裴迪登蜀州东亭送客逢早梅相忆见寄

东阁观梅动诗兴,还如何逊在扬州。此时对雪遥相忆,送客逢春可自由。幸不折来伤岁暮,若为看去乱乡愁。江边一树垂垂发,朝夕催人自白发。

39 〔宋〕姜夔　扬州慢

淮左名都,竹西佳处,解鞍少驻初程。过春风十里,尽荠麦青青。自胡马窥江去后,废池乔木,犹厌言兵。渐黄昏清角吹寒,都在空城。　杜郎俊赏,算而今、重到须惊。纵豆蔻词工,青楼梦好,难赋深情。二十四桥仍在,波心荡、冷月无声。念桥边红药,年年知为谁生?

〔宋〕姜夔　点绛唇

燕雁无心,太湖西畔随云去。数峰清苦。商略黄昏雨。　第四桥边,拟共天随住。今何许? 凭阑怀古。残柳参差舞。

40 〔南朝宋〕谢灵运　登池上楼

潜虬媚幽姿,飞鸿响远音。薄霄愧云浮,栖川怍渊沈。进德智所拙,退耕力不任。徇禄反穷海,卧疴对空林。衾枕昧节候,褰开暂窥临。倾耳聆波澜,举目眺岖嵚,初景革绪风,新阳改故阴。池塘生春草,园柳变鸣禽。祁祁伤豳歌,萋萋感楚吟。索居易永久,离群难处心。持操岂独古,无闷征在今。

[隋]薛道衡　昔昔盐

垂柳覆金堤,蘼芜叶复齐。水溢芙蓉沼,花飞桃李蹊。采桑秦氏女,织锦窦家妻。关山别荡子,风月守空闺。恒敛千金笑,长垂双玉啼。盘龙随镜隐,彩凤逐帷低。飞魂同夜鹊,倦寝忆晨鸡。暗牖悬蛛网,空梁落燕泥。前年过代北,今岁往辽西。一去无消息,那能惜马蹄。

[宋]姜夔　翠楼吟

月冷龙沙,尘清虎落,今年汉酺初赐。新翻胡部曲,听毡幕元戎歌吹。层楼高峙,看槛曲萦红,檐牙飞翠。人姝丽,粉香吹下,夜寒风细。　　此地宜有词仙,拥素云黄鹤,与君游戏。玉梯凝望久,叹芳草萋萋千里。天涯情味,仗酒祓清愁,花消英气。西山外,晚来还卷,一帘秋霁。

41 古诗十九首之十五

生年不满百,常怀千岁忧。昼短苦夜长,何不秉烛游? 为乐当及时,何能往来兹。仙人王子乔,难可与等期。

古诗十九首之十三

驱车上东门,遥望郭北墓。白杨何萧萧,松柏夹广路。下有陈死人,杳杳即长暮。潜寐黄泉下,千载永不寤。浩浩阴阳移,年命如朝露。人生忽如寄,寿无金石固。万岁更相送,圣贤莫能度。服食求神仙,多为药所误。不如饮美酒,被服纨与素。

敕 勒 歌

敕勒川,阴山下。天似穹庐,笼盖四野。天苍苍,野茫茫,风吹草低见牛羊。

47 ［宋］辛弃疾 木兰花慢

可怜今夜月,向何处,去悠悠? 是别有人间、那边才见,光景东头？是天外，空汗漫，但长风浩浩送中秋，飞镜无根谁系？嫦娥不嫁谁留？ 谓经海底问无由，恍惚使人愁。怕万里长鲸，纵横触破，玉殿琼楼。虾蟆故堪浴水，问云何玉兔解沉浮？若道都齐无恙，云何渐渐如钩？

49 ［宋］吴文英　踏莎行

润玉笼绡，檀樱倚扇。绣圈犹带脂香浅。榴心空叠舞裙红，艾枝应压愁鬟乱。 午梦千山，窗阴一箭。香瘢新褪红丝腕。隔江人在雨声中，晚风菰叶生秋怨。

50 ［宋］吴文英　秋思

堆枕香鬟侧，骤夜声、偏称画屏秋色。风碎串珠，润侵歌板，愁压眉窄。动罗箪清商，寸心低诉叙怨抑。映梦窗，零乱碧。待涨绿春深，落花香泛，料有断红流处，暗题相忆。
欢酌。檐花细滴。送故人、粉黛重饰。漏侵琼瑟。丁东敲断，弄晴月白。怕一曲《霓裳》未终，催去骖凤翼。叹谢客、犹未识。漫瘦却东阳，灯前无梦到得。路隔重云雁北。

[宋] 张炎　**祝英台近**

水痕深,花信足,寂寞汉南树。转首青荫,芳事顿如许。不知多少消魂,夜来风雨。犹梦到、断红流处。　　最无据。长年息影空山,愁入庾郎句。玉老田荒,心事已迟暮。几回听得啼鹃,不如归去。终不似、旧时鹦鹉。

51　[南朝宋] 谢灵运　**岁暮**

殷忧不能寐,苦此夜难颓。明月照积雪,朔风劲且哀。运往无淹物,年逝觉已催。

[南齐] 谢朓　**暂使下都夜发新林至京邑赠西府同僚**

大江流日夜,客心悲未央。徒念关山近,终知反路长。秋河曙耿耿,寒渚夜苍苍。引领见京室,宫雉正相望。金波丽鳷鹊,玉绳低建章。驱车鼎门外,思见昭丘阳。驰晖不可接,何况隔两乡。风云有鸟路,江汉限无梁。常恐鹰隼击,时菊委严霜。寄言蔚罗者,寥廓已高翔。

[唐] 王维　**使至塞上**

单车欲问边，属国过居延。征蓬出汉塞，归雁入胡天。大漠孤烟直，长河落日圆。萧关逢候吏，都护在燕然。

[清] 纳兰性德　**长相思**

山一程，水一程。身向榆关那畔行，夜深千帐灯。　风一更，雪一更。聒碎乡心梦不成，故园无此声。

[清] 纳兰性德　**如梦令**

万帐穹庐人醉，星影摇摇欲坠。归梦隔狼河，又被河声搅碎。还睡，还睡。解道醒来无味。

62　古诗十九首之二

青青河畔草，郁郁园中柳。盈盈楼上女，皎皎当窗牖。娥娥红粉妆，纤纤出素手。昔为倡家女，今为荡子妇。荡子行不归，空床难独守。

古诗十九首之四

今日良宴会,欢乐难具陈。弹筝奋逸响,新声妙入神。令德唱高言,识曲听其真。齐心同所愿,含意俱未申。人生寄一世,奄忽若飙尘。何不策高足,先据要路津。无为守穷贱,轗轲长苦辛。

卷　下

1　［宋］姜夔　踏莎行

燕燕轻盈,莺莺娇软,分明又向华胥见。夜长争得薄情知,春初早被相思染。　　别后书辞,别时针线,离魂暗逐郎行远。淮南皓月冷千山,冥冥归去无人管。

3　［宋］曾觌　壶中天慢

素飙漾碧,看天衢稳送、一轮明月。翠水瀛壶人不到,比似世间秋别。玉手瑶笙,一时同色,小按《霓裳》叠。天津桥上,有人偷记新阕。　　当日谁幻银桥,阿瞒儿戏,一笑成痴绝。肯信群仙高宴处,移下水晶宫阙。云海尘清,山河影满,桂冷吹香雪。何劳玉斧，金瓯千古无缺。

5　王国维　水龙吟

开时不与人看，如何一霎濛濛坠。日长无绪，回廊小立，迷离情思。细雨池塘，斜阳院落，重门深闭。正参差欲住，轻衫掠处，又特地、因风起。　　花事阑珊到汝，更休寻、满枝琼缀。算人只合，人间哀乐，者般零碎。一样飘零，宁为尘土，勿随流水。怕盈盈、一片春江，都贮得、离人泪。

王国维　齐天乐

天涯已自愁秋极，何须更闻虫语。乍响瑶阶，旋穿绣闼，更入画屏深处。喁喁似诉。有几许哀丝，佐伊机杼。一夜东堂，暗抽离恨万千绪。　　空庭相和秋雨。又南城罢柝，西院停杵。试问王孙，苍茫岁晚，那有闲愁无数。宵深谩与。怕梦稳春醅，万家儿女。不识孤吟，劳人床下苦。

7 王国维 浣溪沙

天末同云黯四垂,失行孤雁逆风飞。江湖寥落尔安归？ 陌上金丸看落羽,闺中素手试调醯。今朝欢宴胜平时。

王国维 蝶恋花

昨夜梦中多少恨。细马香车,两两行相近。对面似怜人瘦损,众中不惜搴帷问。 陌上轻雷听隐辚。梦里难从,觉后那堪讯？蜡泪窗前堆一寸,人间只有相思分。

百尺朱楼临大道。楼外轻雷,不闲昏和晓。独倚阑干人窈窕,闲中数尽行人小。 一霎车尘生树杪。陌上楼头,都向尘中老。薄晚西风吹雨到,明朝又是伤流潦。

春到临春花正妩。迟日阑干,蜂蝶飞无数。谁道一春抛却去,马蹄日日章台路。 几度寻春春不遇。不见春来,那识春归处？斜日晚风杨柳渚,马头何处无飞絮。

11　子夜歌

谁能思不歌？谁能饥不食？日冥当户倚，惆怅底不忆？

15　〔唐〕贾岛　忆江上吴处士

闽国扬帆去，蟾蜍亏复圆。秋风生渭水，落叶满长安。此地聚会夕，当时雷雨寒。兰桡殊未返，消息海云端。

〔宋〕周邦彦　齐天乐

绿芜雕尽台城路，殊乡又逢秋晚。暮雨生寒，鸣蛩劝织，深阁时闻裁剪。云窗静掩。叹重拂罗裀，顿疏花簟。尚有练囊，露萤清夜照书卷。　荆江留滞最久，故人相望处，离思何限。渭水西风，长安乱叶，空忆诗情宛转。凭高眺远。正玉液新篘，蟹螯初荐。醉倒山翁，但愁斜照敛。

〔元〕白朴　得胜乐(节录)

玉露冷。蛩吟砌。听落叶西风渭水。寒雁儿长空嘹唳。陶元亮醉在东篱。

［元］白朴 《梧桐雨》杂剧第二折《普天乐》(节录)

伤心故园。西风渭水,落日长安。

16 ［五代蜀］牛峤 菩萨蛮

玉楼冰簟鸳鸯锦,粉融香汗流山枕。帘外辘轳声,敛眉含笑惊。 柳阴烟漠漠,低鬓蝉钗落。须作一生拚,尽君今日欢。

［五代蜀］顾夐 诉衷情

永夜抛人何处去?绝来音。香阁掩,眉敛,月将沉。争忍不相寻?怨孤衾。换我心为你心,始知相忆深。

［宋］周邦彦 庆宫春

云接平冈,山围寒野,路回渐转孤城。衰柳啼鸦,惊风驱雁,动人一片秋声。倦途休驾,淡烟里、微茫见星。尘埃憔悴,生怕黄昏,离思牵萦。 华堂旧日逢迎。花艳参差,香雾飘零。弦管当头,偏怜娇凤、夜深簧暖笙清。眼波传意,恨密约、匆匆未成。许多烦恼,只为当时,一饷留情。

17 [宋]周邦彦 浪淘沙慢

昼阴重,霜凋岸草,雾隐城堞。南陌脂车待发,东门帐饮乍阕。正拂面、垂杨堪揽结。掩红泪、玉手亲折。念汉浦离鸿去何许,经时信音绝。　　情切。望中地远天阔。向露冷风清,无人处、耿耿寒漏咽。嗟万事难忘,唯是离别。翠尊未竭。凭断云留取,西楼残月。　　罗带光销纹衾叠。连环解、旧香顿歇。怨歌永、琼壶敲尽缺。恨春去、不与人期,弄夜色,空余满地梨花雪。

万叶战,秋声露结,雁度砂碛。细草和烟尚绿,遥山向晚更碧。见隐隐云边新月白。映落照、帘幕千家,听数声、何处倚楼笛。装点尽秋色。　　脉脉。旅情暗自消释。念珠玉、临水犹悲戚。何况天涯客。忆少年歌酒,当时踪迹。岁华易老,衣带宽、懊恼心肠终窄。　　飞散后、风流人阻,蓝桥约、怅恨路隔。马啼过、犹嘶旧巷陌。叹往事、一一堪伤,旷望极。凝思又把阑干拍。

[宋] 柳永　八声甘州

对潇潇、暮雨洒江天,一番洗清秋。渐霜风凄惨,关河冷落,残照当楼。是处红衰翠减,苒苒物华休。惟有长江水,无语东流。　　不忍登高临远,望故乡渺邈,归思难收。叹年来踪迹,何事苦淹留。想佳人、妆楼颙望,误几回、天际识归舟。争知我、倚阑干处,正凭凝愁。

[宋] 苏轼　水调歌头

明月几时有,把酒问青天。不知天上宫阙,今夕是何年。我欲乘风归去,又恐琼楼玉宇,高处不胜寒。起舞弄清影,何似在人间。　　转朱阁,低绮户,照无眠。不应有恨,何事长向别时圆。人有悲欢离合,月有阴晴圆缺,此事古难全。但愿人长久,千里共婵娟。

18　[宋] 辛弃疾　贺新郎

绿树听鹈鴂。更那堪、鹧鸪声住,杜鹃声切。啼到春归无寻处,苦恨芳菲都歇。算未抵、人间离别。马上琵琶关塞黑,更长门翠辇辞金阙。看燕燕,送归妾。 将军百战声名裂。向河梁回头万里,故人长绝。易水萧萧西风冷,满座衣冠似雪。正壮士、悲歌未彻。啼鸟还知如许恨,料不啼、清泪长啼血。谁共我,醉明月!

[宋] 辛弃疾　贺新郎

柳暗凌波路。送春归、猛风暴雨,一番新绿。千里潇湘葡萄涨,人解扁舟欲去。又樯燕、留人相语。艇子飞来生尘步,唾花寒、唱我新番句。波似箭,催鸣橹。 黄陵祠下山无数。听湘娥、泠泠曲罢,为谁情苦。行到东吴春已暮。正江阔潮平稳渡。望金雀、觚棱翔舞。前度刘郎今重到,问玄都、千树花存否。愁为情,么弦诉。

[宋] 辛弃疾　定风波

金印累累佩陆离,河梁更赋断肠诗。莫拥旌旗真个去,何处?玉堂元自要论思。 且约风流三学士,同醉,春风看试几枪旗。从此酒酣明月夜,耳热,那边应是说依时。

[宋] 韩玉　**贺新郎**

绰约人如玉。试新妆、娇黄半绿，汉宫匀注。倚傍小栏闲
伫立，翠带风前似舞。记洛浦、当年侪侣。罗袜尘生香冉冉，
料征鸿、微步凌波女。惊梦断，楚江曲。　　春工若见应为
主。忍教都、闲亭邃馆，冷风凄雨。待把此花都折取，和泪连
香寄与。须信道、离情如许。烟水茫茫斜照里，是骚人、《九
辨》《招魂》处。千古恨，与谁语？

[宋] 韩玉　**卜算子**

杨柳绿成阴，初过寒食节。门掩金铺独自眠，那更逢寒
夜。　　强起立东风，惨惨梨花谢。何事王孙不早归，寂寞秋
千月。

27　[清] 宋征舆　**蝶恋花**

宝枕轻风秋梦薄。红敛双蛾，颠倒垂金雀。新样罗衣浑
弃却。犹寻旧日春衫著。　　偏是断肠花不落。人若伤心，
镜里颜非昨。曾误当初青女约。祗今霜夜思量着。

〔清〕谭献　**蝶恋花**

帐里迷离香似雾。不烬炉灰，酒醒闻余语。连理枝头侬与汝。千花百草从渠许。　　莲子青青心独苦。一唱将离，日日风兼雨。豆蔻香残杨柳暮。当时人面无寻处。

28　〔清〕王鹏运　**鹊踏枝**

落蕊残阳红片片。懊恨比邻，尽日流莺转。似雪杨花吹又散。东风无力将春限。　　慵把香罗裁便面。换到轻衫，欢意垂垂浅。襟上泪痕犹隐见。笛声催按《梁州》遍。

斜日危阑凝伫久。问讯花枝，可是年时旧？浓睡朝朝如中酒。谁怜梦里人消瘦。　　香阁帘栊烟阁柳。片霎氤氲，不信寻常有。休遣歌筵回舞袖。好怀珍重春三后。

谱到阳关声欲裂。亭短亭长，杨柳那堪折。挑菜湔裙春事歇。带罗羞指同心结。　　千里孤光同皓月。画角吹残，风外还呜咽。有限坠欢争忍说。伤生第一生离别。

风荡春云罗样薄。难得轻阴，芳事休闲却。几日啼鹃花又落。绿笺莫忘深深约。　　老去吟情浑寂寞。细雨檐花，空忆灯前酌。隔院玉箫声乍作。眼前何物供哀乐。

漫说目成心便许。无据杨花,风里频来去。怅望朱楼难寄语。伤春谁念司勋误。　　枉把游丝牵弱缕。几片闲云,迷却相思路。锦帐珠帘歌舞处。旧欢新恨思量否?

昼日恹恹惊夜短。片霎欢娱,那惜千金换。燕睨莺䎅春不管。敢辞弦索为君断。　　隐隐轻雷闻隔岸。暮雨朝霞,咫尺迷银汉。独对舞衣思旧伴,龙山极目烟尘满。

望远愁多休纵目。步绕珍丛,看笋将成竹。晓露暗垂珠蔂蔂。芳林一带如新浴。　　檐外青山森碧玉。梦里骖鸾,记过清湘曲。自定新弦移雁足。弦声未抵归心促。

谁遣春韶随水去。醉倒芳尊,忘却朝和暮。换尽大堤芳草路。倡条都是相思树。　　蜡烛有心灯解语。泪尽唇焦,此恨消沈否?坐对东风怜弱絮。萍飘后日知何处。

对酒肯教欢意尽。醉醒恹恹,无那忺春困。锦字双行笺别恨。泪珠界破残妆粉。　　轻燕受风飞远近。消息谁传?盼断乌衣信。曲几无憀闲自隐。镜奁心事孤鸾鬓。

几见花飞能上树。难系流光,枉费垂杨缕。筝雁斜飞排锦柱。只伊不解将春去。　　漫诩心情黏地絮。容易飘飏，那不惊风雨。倚遍阑干谁与语？思量有恨无人处。

29 ［唐］温庭筠　**菩萨蛮**

小山重叠金明灭，鬓云欲度香腮雪。懒起画娥眉，弄妆梳洗迟。　　照花前后镜，花面交相映。新帖绣罗襦，双双金鹧鸪。

［宋］　苏轼　**卜算子**

缺月挂疏桐，漏断人初静。谁见幽人独往来，缥缈孤鸿影。　　惊起却回头，有恨无人省。拣尽寒枝不肯栖，寂寞沙洲冷。

30 ［宋］史达祖　**双双燕**

过春社了，度帘幕中间，去年尘冷。差池欲往，试入旧巢相并。还相雕梁藻井。又软语商量不定。飘然快拂花梢，翠尾分开红影。　　芳径。芹泥雨润。爱贴地争飞，竞夸轻俊。

红楼归晚，看足柳昏花暝。应自栖香正稳。便忘了、天涯芳信。愁损翠黛双娥，日日画阑独凭。

34 〔宋〕史达祖 喜迁莺

月波疑滴。望玉壶天近，了无尘隔。翠眼圈花，冰丝织练，黄道宝光相直。自怜诗酒瘦，难应接、许多春色。最无赖，是随香趁烛，曾伴狂客。　　踪迹。漫记忆。老了杜郎，忍听东风笛。柳院灯疏，梅厅雪在，谁与细倾春碧。旧情拘未定，犹自学、当年游历。怕万一，误玉人、夜寒帘隙。

〔宋〕张炎 高阳台

接叶巢莺，平波卷絮，断桥斜日归船。能几番游，看花又是明年。东风且伴蔷薇住，到蔷薇、春已堪怜。更凄然。万绿西泠，一抹荒烟。　　当年燕子知何处，但苔深韦曲，草暗斜川。见说新愁，如今也到鸥边。无心更续笙歌梦，掩重门、浅醉闲眠。莫开帘，怕见飞花，怕听啼鹃。

38　〔宋〕林外　洞仙歌

飞梁压水,虹影澄清晓。橘里渔村半烟草。今来古往,物是人非,天地里,唯有江山不老。　　雨中风帽。四海谁知我。一剑横空几番过。按玉龙、嘶未断,月冷波寒。归去也、林屋洞天无锁。认云屏烟障是吾庐,任满地苍苔,年年不扫。

39　〔唐〕罗隐　炀帝陵

入郭登桥出郭船,红楼日日柳年年。君王忍把平陈业,只博(换)雷塘数亩田。

〔唐〕唐彦谦　仲山

千载遗踪寄薛罗,沛中乡里汉山河。长陵亦是闲丘垅,异日谁知与仲多。

43　〔宋〕柳永　玉女摇仙佩

飞琼伴侣,偶别珠宫,未返神仙行缀。取次梳妆,寻常言语,有得许多姝丽。拟把名花比。恐旁人笑我,谈何容易。细思算、奇葩艳卉，惟是深红浅白而已。争如这多情，占得人间，千娇百媚。　　须信画堂绣阁，皓月清风，忍把光阴轻弃。自古及今，佳人才子，少得当年双美。且凭相偎倚。未消得、怜我多才多艺。愿奶奶、兰心蕙性，枕前言下，表余深意。为盟誓。今生断不孤鸳被。

10　《孟子·离娄》

沧浪之水清兮，可以濯我缨。沧浪之水浊兮，可以濯我足。

《论语·微子》

凤兮！凤兮！何德之衰？往者不可谏，来者犹可追。已而！已而！今之从政者殆而！

《人间词话》附录

　　1　蕙风词小令似叔原,长调亦在清真、梅溪间,而沉痛过之。彊村虽富丽精工,犹逊其真挚也。天以百凶成就一词人,果何为哉。

　　2　蕙风《洞仙歌》(秋日游某氏园)及《苏武慢》(寒夜闻角)二阕,境似清真。集中他作,不能过之。

　　　　　　　　以上两条摘自王国维《蕙风琴趣》评语

　　3　彊村词,余最赏其《浣溪沙》"独鸟冲波去意闲"二阕,笔力峭拔,非他词可能过之。

　　4　蕙风听歌诸作,自以《满路花》为最佳。至《题香南雅集图》诸词,殊觉泛泛,无一言道著。

以上两条摘自《丙寅日记》所记王国维论学语

5 (皇甫松)词,黄叔旸称其《摘得新》二首,为有达观之见。余谓不若《忆江南》二阕,情味深长,在乐天、梦得上也。

6 端己词,情深语秀,虽规模不及后主、正中,要在飞卿之上。观昔人颜谢优劣论可知矣。

7 (毛文锡)词,比牛、薛诸人,殊为不及。叶梦得谓:"文锡词以质直为情致,殊不知流于率露。诸人评庸陋词者,必曰,此仿毛文锡之《赞成功》而不及者。"其言是也。

8 (魏承班)词,逊于薛昭蕴、牛峤,而高于毛文锡,然皆不如王衍。五代词以帝王为最工,岂不以无意于求工欤。

9 (顾)复词,在牛给事、毛司徒间。《浣溪沙》(春色迷人)一阕,亦见《阳春录》。与《河传》、《诉衷情》数阕,当为复最佳之作矣。

10 周密《齐东野语》称其词(指毛熙震词)"新警而不为儇薄"。余尤爱其《后庭花》,不独意胜,即以调论,亦有隽上清越之致,视文锡蔑如也。

11 (阎选)词唯《临江仙》第二首有轩翥之意,余尚未足与于作者也。

12 昔沈文悫深赏(张)泌"绿杨花扑一溪烟"为晚唐名句。然其词如"露浓香泛小庭花",较前语似更幽艳。

13 (孙光宪词)昔黄玉林赏其"一庭疏雨湿春愁"为古今佳句。余以为不若"片帆烟际闪孤光",尤有境界也。

以上录自《唐五代二十一家词辑》诸跋

14 (周清真)先生于诗文无所不工,然尚未尽脱古人蹊径。平生著述,自以乐府为第一。词人甲乙,宋人早有定论,惟张叔夏病其意趣不高远。然北宋人如欧、苏、秦、黄,高则高矣,至精工博大,殊不逮先生。故以宋词比唐诗,则东坡似太白,欧、秦似摩诘,耆卿似乐天,方回、叔原,则大历十子之流。南宋惟一稼轩可比昌黎。而词中老杜,则非先生不可。昔人以耆卿比少陵,犹为未当也。

15 (清真)先生之词,陈直斋谓其"多用唐人诗句檃括入律,浑然天成"。张玉田谓其"善于融化诗句",然此不过一端。不如强焕云"模写物态,曲尽其妙"为知言也。

16　山谷云："天下清景,不择贤愚而与之,然吾特疑端为我辈设。"诚哉是言。抑岂独清景而已,一切境界,无不为诗人设。世无诗人,即无此种境界。夫境界之呈于吾心而见于外物者,皆须臾之物。惟诗人能以此须臾之物,镌诸不朽之文字,使读者自得之。遂觉诗人之言,字字为我心中所欲言,而又非我之所能自言,此大诗人之秘妙也。境界有二:有诗人之境界,有常人之境界。诗人之境界,惟诗人能感之而能写之,故读其诗者,亦高举远慕,有遗世之意。而亦有得有不得,且得之者亦各有深浅焉。若夫悲欢离合,羁旅行役之感,常人皆能感之,而惟诗人能写之。故其入于人者至深,而行于世也尤广。(清真)先生之词,属于第二种为多。故宋时别本之多,他无与匹。又和者三家、注者二家。自士大夫以至妇人女子,莫不知有清真,而种种无稽之言,亦由此以起。然非入人之深,乌能如是耶。

17　楼忠简谓(清真)先生"妙解音律",惟王晦叔《碧鸡漫志》谓"江南某氏者,解音律,时时度曲。周美成与有瓜葛。每得一解,即为制词。故周集中多新声"。则集中新曲,非尽自度。然顾曲名堂,不能自已,固非不知音者。故先生之词,文字之外,须兼味其音律。惟词中所注宫调,不出教坊十八调之外。则其音非大晟乐府之新声,而为隋、唐以来之燕乐,固可知也。今其声虽亡,读其词者,犹觉拗怒之中,自饶和婉。曼声促节,繁会相宜,清浊抑扬,辘轳交往。两宋之间。一人而已。

18　伪词最多。强焕本所增强半皆是。如《片玉词》上《青玉案》(良夜灯光簇如豆)一阕,乃改山谷《忆帝京》词为之者,决非先生作。

以上摘自《清真先生遗事·尚论三》

19　(《云谣集·杂曲子》)《天仙子》词,特深峭隐秀,堪与飞卿、端己抗行。

摘自《观堂集林·唐写本〈云谣集杂曲子〉跋》

20　有明一代,乐府道衰。《写情》、《扣舷》,尚有宋元遗响。仁、宣以后,兹事几绝。独文愍(夏言)以魁硕之才,起而振之。豪壮典丽,与于湖、剑南为近。

摘自《观堂外集·桂翁词跋》

21　欧公《蝶恋花》"面旋落花"云云,字字沉响,殊不可及。

摘自王国维旧藏《六一词》眉间批语

22　《片玉词》"良夜灯光簇如豆"一首,乃改山谷《忆帝京》词为之者,似屯田最下之作,非美成所宜有也。

摘自王国维旧藏《片玉词》眉间批语

23　温飞卿《菩萨蛮》"雨后却斜阳,杏花零落香"。少游之"雨余芳草斜阳。杏花零乱燕泥香"。虽自此脱胎,而实有出蓝之妙。

24　白石尚有骨,玉田则一乞人耳。

25　美成词多作态,故不是大家气象。若同叔、永叔,虽不作态,而一笑百媚生矣。此天才与人力之别也。

26　周介存谓"白石以诗法入词,门庭浅狭,如孙过庭书,但便后人模仿"。予谓近人所以崇拜玉田,亦由于此。

27　予于词,五代喜李后主、冯正中,而不喜《花间》。宋喜同叔、永叔、子瞻、少游,而不喜美成。南宋只爱稼轩一人,而最恶梦窗、玉田。介存《词辨》所选词,颇多不当人意。而其

论词则多独到之语。始知天下固有具眼人,非予一人之私
见也。

以上摘自王国维旧藏《词辨》眉间批语

28　王君静安将刊其所为《人间词》,诒书告余曰:"知我
词者莫如子,叙之亦莫如子宜。"余与君处十年矣,比年以来,
君颇以词自娱。余虽不能词,然喜读词。每夜漏始下,一灯荧
然,玩古人之作,未尝不与君共。君成一阕,易一字,未尝不以
讯余。既而暌离,苟有所作,未尝不以邮以示余也。然则余于君
之词,又乌可以无言乎。夫自南宋以后,斯道之不振久矣。元
明及国初诸老,非无警句也。然不免乎局促者,气困于雕琢
也。嘉道以后之词,非不谐美也。然无救于浅薄者,意竭于摹
拟也。君之于词,于五代喜李后主、冯正中,于北宋喜永叔、子
瞻、少游、美成,于南宋除稼轩、白石外,所嗜盖鲜矣。尤痛诋
梦窗、玉田。谓梦窗砌字,玉田垒句。一雕琢,一敷衍。其病
不同,而同归于浅薄。六百年来词之不振,实自此始。其持论
如此。及读君自所为词,则诚往复幽咽,动摇人心。快而沉,
直而能曲。不屑屑于言词之末,而名句间出,殆往往度越前

人。至其言近而指远,意决而辞婉,自永叔以后,殆未有工如君者也。君始为词时,亦不自意其至此,而卒至此者,天也,非人之所能为也。若夫观物之微,托兴之深,则又君诗词之特色。求之古代作者,罕有伦比。呜呼,不胜古人,不足以与古人并,君其知之矣。世有疑余言者乎,则何不取古人之词与君词比类而观之也?光绪丙午三月,山阴樊志厚叙。

29　去岁夏,王君静安集其所为词,得六十余阕,名曰《人间词甲稿》,余既叙而行之矣。今冬,复汇所作词为《乙稿》,丐余为之叙。余其敢辞。乃称曰:文学之事,其内足以摅己,而外足以感人者,意与境二者而已。上焉者意与境浑,其次或以境胜,或以意胜。苟缺其一,不足以言文学。原夫文学之所以有意境者,以其能观也。出于观我者,意余于境。而出于观物者,境多于意。然非物无以见我,而观我之时,又自有我在。故二者常互相错综,能有所偏重,而不能有所偏废也。文学之工不工,亦视其意境之有无与其深浅而已。自夫人不能观古人之所观,而徒学古人之所作,于是始有伪文学。学者便之,相尚以辞,相习以模拟,遂不复知意境之为何物,岂不悲哉!

苟持此以观古今人之词，则其得失，可得而言焉。温韦之精艳，所以不如正中者，意境有深浅也。珠玉所以逊六一，小山所以愧淮海者，意境异也。美成晚出，始以辞采擅长，然终不失为北宋人之词者，有意境也。南宋词人之有意境者，唯一稼轩，然亦若不欲以意境胜。白石之词，气体雅健耳，至于意境，则去北宋人远甚。及梦窗、玉田出，并不求诸气体，而惟文字之是务，于是词之道熄矣。自元迄明，益以不振。至于国朝，而纳兰侍卫以天赋之才，崛起于方兴之族。其所为词，悲凉顽艳，独有得于意境之深，可谓豪杰之士，奋乎百世之下者矣。同时朱、陈，既非劲敌。后世项、蒋，尤难鼎足。至乾嘉以降，审乎体格韵律之间者愈微，而意味之溢于字句之表者愈浅。岂非拘泥文字，而不求诸意境之失欤？抑观我观物之事自有天在，固难期诸流俗欤？余与静安，均夙持此论。静安之为词，真能以意境胜。夫古今人词之以意胜者，莫若欧阳公。以境胜者，莫若秦少游。至意境两浑，则惟太白、后主、正中数人足以当之。静安之词，大抵意深于欧，而境次于秦。至其合作，如《甲稿》《浣溪沙》之"天末同云"、蝶恋花之"昨夜梦中"、

《乙稿》《蝶恋花》之"百尺朱楼"等阕，皆意境两忘，物我一体，高蹈乎八荒之表，而抗心乎千秋之间。骎骎乎两汉之疆域，广于三代；贞观之政治，隆于武德矣。方之侍卫，岂徒伯仲。此固君所得于天者独深，抑岂非致力于意境之效也。至君词之体裁，亦与五代北宋为近。然君词之所以为五代北宋之词者，以其有意境在。若以其体裁故，而至遽指为五代北宋，此又君之不任受。固当与梦窗、玉田之徒，专事摹拟者，同类而笑之也。光绪三十三年十月，山阴樊志厚叙。

以上樊志原叙二则附入，摘自《海宁王静安先生遗书》